ARMORIAL

DE LA

RECHERCHE

DE

DIDIER RICHIER

$(1577-1581)$

PRÉCÉDÉ D'UNE NOTICE

PAR

Raymond des Godins de Souhesmes

Secrétaire de la Société d'Archéologie lorraine

NANCY

G. Crépin-Leblond, Imprimeur-Éditeur

Passage du Casino

1894

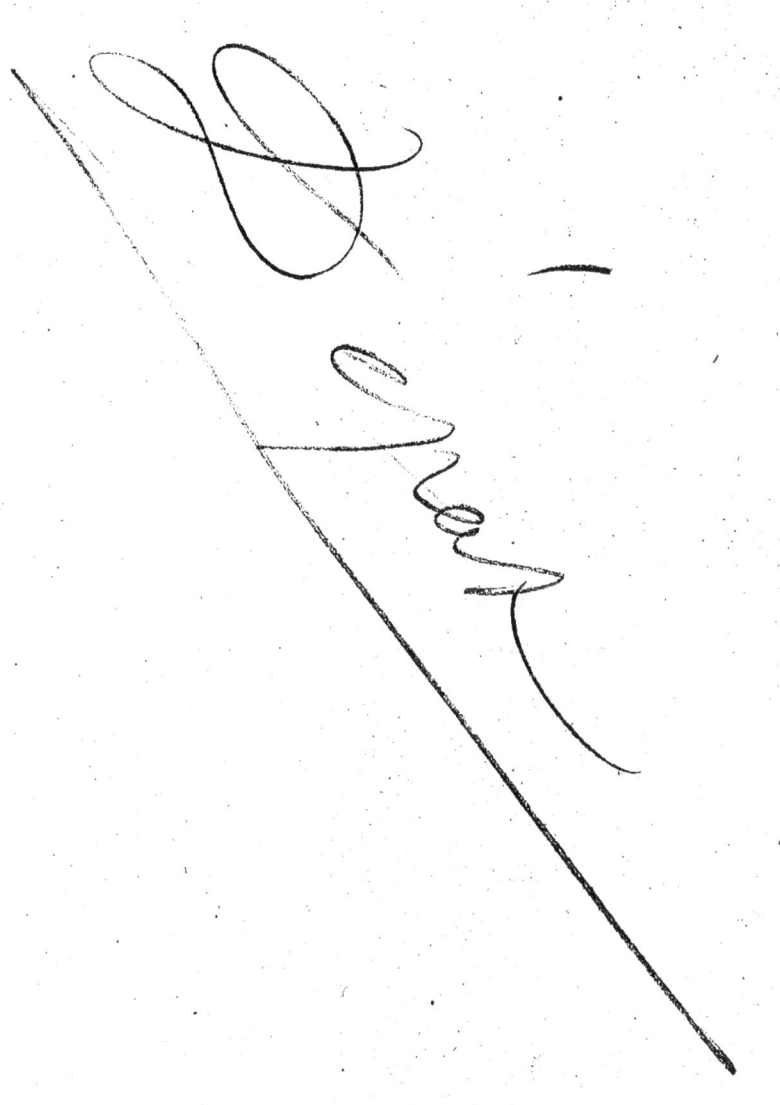

ARMORIAL

DE

DIDIER RICHIER

ARMORIAL

DE LA

RECHERCHE

DE

DIDIER RICHIER

$(1577-1581)$

PRÉCÉDÉ D'UNE NOTICE

PAR

Raymond des Godins de Souhesmes

Secrétaire de la Société d'Archéologie lorraine

NANCY

G. Crépin-Leblond, Imprimeur-Éditeur

Passage du Casino

1894

DIDIER RICHIER

ET

LA RECHERCHE DE 1577

——►—✳—◄——

Didier Richier est plus connu des archéologues que des artistes. Peintre médiocre, il se fit décorateur, puis se consacra à l'étude du blason et finit par arriver à une situation qu'il n'aurait peut-être pas atteinte avec plus de talent. Nommé poursuivant d'armes, il reçut la mission délicate de rechercher les nobles des duchés de Lorraine et de Bar, et il doit à cette circonstance la notoriété attachée à son nom.

L'œuvre de Didier Richier fut dispersée à la Révolution ; j'ai essayé de la reconstituer, mais quelques fragments n'ont pû encore être retrouvés. Pour le moment, je voudrais dire un mot de son auteur, exposer la méthode qu'il a suivie dans ses opérations, et indiquer ce que sont devenus ses procès-verbaux. Je publierai ensuite l'armorial de cette Recherche.

I

On ignore à quelle famille appartenait Didier Richier.
Tantôt il est surnommé *Clermont* tantôt *de Vic* ou *de
Vy* (1). Le premier de ces surnoms était un titre attaché
à la charge dont il était revêtu (2) et ne peut servir à
déterminer le lieu de son origine. Faut-il attacher plus
d'importance au second et croire la famille de Didier
Richier originaire de Vic? Notre confrère M. l'abbé
Gillant (3) pense que le poursuivant d'armes tirait peut-
être son surnom d'un ancien fief, situé non loin de
Clermont-en-Argonne, sur le territoire de Landrecourt.
Ce fief portait indifféremment les noms de *Vuy, Vey,
Voye;* la carte de L. Denys l'appelle *Vué*, le plan
cadastral *Vuy*, et les habitants *Oui*. Cette hypothèse
n'est pas absolument invraisemblable ; elle est appuyée

(1) M. Michel (*Biographie des hommes marquants de Lorraine*, 1829, p. 227) transforme ce nom en celui de *Gy*.

(2) Les hérauts et les poursuivants d'armes prenaient le
nom d'une ville ou d'une province appartenant à leur maître.
En Lorraine, les premiers poursuivants d'armes mentionnés
au xv° siècle sont désignés par les surnoms de *Chastenoy,
Pont, Nancy, Epinal* et *Bar*. Les hérauts sont appelés
Vaudémont et *Lorraine*. En 1507, on voit un huissier d'armes
surnommé *Nancy* et un poursuivant surnommé *Barrois*. En
1524, les poursuivants sont appelés *Clermont, Vaudémont*
et *Nancy*. En 1546, le premier héraut d'armes, *Lorraine*,
prit le titre de roi d'armes que ses successeurs conservèrent
en y ajoutant le surnom de *Sicile* ; les hérauts devinrent
Lorraine et *Barrois* ; les poursuivants gardèrent les surnoms de *Vaudémont* et *Clermont*. (H. Lepage, *Les offices
des Duchés de Lorraine et de Bar. — Mém. de la Soc.
d'Arch. lor.*, année 1869, p. 381).

(3) Cité par M. L. Germain, *Les Epitaphes de l'église
d'Etain,* p. 11 n.

par M. de Bessas de la Mégie, dans un ouvrage assez curieux mais dont le caractère scientifique n'est pas suffisamment accentué. On y lit que Jeanne de Wandelaincourt épousa, vers 1540, « Joseph Richier, père de « Didier Richier dit de Wandelaincourt-Clermont, « héraut d'armes et grand généalogiste du duc Charles « de Lorraine, dont la famille retint le nom et les armes « de Wandelaincourt (1) ». Nous allons voir quelle valeur on peut attacher à cette affirmation sans preuve, et manifestement entachée d'exagération.

Il existait, dans le Clermontois, une ancienne famille du nom de Richier, et le poursuivant d'armes lui consacre, dans sa Recherche (2), un article où l'on voit le premier Richier réputé gentilhomme, comme descendant de l'ancienne maison de Wandelaincourt dont il portait les armes. Ce Richier eut pour fils Henry Richier, qualifié de noble homme, qui épousa Barbe la Haulze dont il eut trois fils : 1° Jean Richier, demeurant à Froméréville, qui épousa Nicole d'Ambly ; 2° Albin Richier qui épousa Ysabel de Bras, dont deux filles ; 3° Didier Richier qui épousa Claudine Geoffroy, dont Jean, Noël et Richier Richier.

La même Recherche (3) constate le mariage d'Anthoine Boucard avec Pasquette (Richier dite) de Froméréville, fille de Richier de Froméréville « sorty et yssu de la maison de Vandelaincourt » dont il portait les armes. — Elle relate enfin (4) le mariage de Perette

(1) Comte O. de Bessas de la Mégie, *Légendaire de la Noblesse française* (1865), p. 508.

(2) Ms. de la Bibl. de Metz, *Bailliage de Clermont*, fos 45 vo et 197.

(3) *Bailliage de Saint-Mihiel*, fo 65.

(4) *Bailliage de Clermont*, fo 23.

Richier avec Christophe Henriet dit de la Vallée, dont Jacques, Jean et Christophe Henriet dits de la Vallée. M. de Pimodan (1) qui appartient à cette famille, ajoute que Perette (ou Pierrette) était fille de Jean Richier de Wandelaincourt.

Le *Hérault d'armes* de Callot (2) et *l'Armorisme des nobles du Barrois* (3) font mention de ce Jean Richier qui était qualifié d'écuyer au bailliage de Clermont et portait aussi les armes de Wandelaincourt : *D'azur à la bande componée d'or et de gueules de six pièces, à l'aigle d'argent au vol abaissé, brochant sur le tout* (4). Ces armes étaient très répandues dans le Barrois ; j'a signalé dans un autre travail (5) seize familles qui les ont portées. Depuis j'en ai découvert d'autres encore, et je me propose d'étudier plus tard cette curiosité héraldique.

Des documents qui précèdent on peut conclure que le poursuivant d'armes n'appartenait pas, quoiqu'en dise M. de Bessas de la Mégie, à la famille des Richier de Wandelaincourt. Didier Richier de Wandelaincourt,

(1) Mis de Pimodan, *La réunion de Toul à la France* (1885), p. 176.

(2) Ms. de la Bibl. de Nancy, f° 449 v°.

(3) Publié dans *l'Austrasie*, année 1858.

(4) Callot (*Le Hérault d'armes*, f° 449 v°) et Lionnois (*Principes du blason*, p. 36) disent que la bande est componée de quatre pièces. Dom Pelletier (*Nobiliaire de Lorraine*, pp. 115, 178, 273, 304, 324 et 816) dit qu'elle est componée de cinq pièces. L'*Armorisme* transforme la bande en pal ; enfin l'aigle est représenté tantôt éployé, tantôt au vol abaissé.

(5) *Notice sur Souhesmes* (*Mém. de la Soc. d'Arch. lor.*, année 1884, p. 76).

époux de Claudine Geoffroy, et Didier Richier dit Clermont étaient deux personnages distincts ; s'il en eut été
autrement, le poursuivant d'armes, parlant de sa propre
famille et se désignant lui-même dans sa Recherche,
n'eut pas manqué de le dire.

Existait-il une parenté entre le grand sculpteur
Ligier Richier et son contemporain le poursuivant
d'armes Didier Richier ? — M. Léon Germain a bien
voulu me communiquer la note qu'il a présentée sur
cette question, le 6 février 1889, à la Société des
Sciences, Lettres et Arts de Bar-le-Duc (1). Dans ce
travail, notre confrère fait ressortir les probabilités qui
existent en faveur d'une parenté qui, jusqu'à présent,
n'a pu encore être établie (2).

M. Germain a relevé, sur les registres paroissiaux de
Saint-Mihiel, trois actes se rapportant peut-être à la
famille du poursuivant d'armes (3). On y remarque

(1) Procès-verbaux, en tête des *Mémoires de la Soc. des
Sciences, Lettres et Arts de Bar-le-Duc*, année 1891, p. III.

(2) Cf. M. L. Germain, *La famille des Richier ;* l'abbé Sou-
haut, *Les Richier et leurs œuvres*, p. 310 ; M. Lallemend,
L'école des Richier, p. 3. — Voir aussi le *Journal de la Soc.
d'Arch. lor* , année 1889, p. 85.

(3) *1581, Octobre*. — « Le 28ᵉ jour, j'ay baptisé Didier, fils
« à Didier Richier et à Pentecoste sa femme ; ses
« parains : Ferry Rutant, Jean Vincent, Jeanne femme à
« Gervaise Symon. »

1582, Janvier. — « Le 2ᵉ jour j'ay baptisé Didier filz à
« Nicolas Richier et à Xpofle sa femme. Ses parrains : Richier
« Renard, Michel Ferrant ; sa marrine : Françoise femme
« Didier du Mont. »

1607, Septembre. — « Ce 29 a este baptisé Nicolas fils à
« Didier Richier et Claudon sa femme. Son parrain : Henry
« de la Croy ; la maraine : Elisabethe fille à Guillaume
« Lorent. »

plusieurs noms que l'on retrouve dans les actes de la famille du grand sculpteur. A ce propos, M. Gillant fait remarquer que, saint Didier étant le patron de Clermont-en-Argonne, ce prénom y était très répandu. Si, comme on l'a dit, le père de Didier Richier s'appelait Joseph, M. Germain croit voir dans ce fait une curieuse indication de parenté entre Ligier et Didier Richier, car ce prénom, peu commun à cette époque, fut donné à l'un des petits-fils de Ligier, bien qu'il ne fut porté par aucun de ses deux parrains (1). Il convient d'ajouter que le renseignement concernant le père de Didier est emprunté au *Légendaire*, et mérite confirmation.

En résumé, M. Léon Germain, sans croire à une parenté rapprochée entre le sculpteur et le peintre, pense que leurs familles pouvaient descendre d'une souche commune d'origine barroise.

Didier Richier naquit à Nancy, les lettres patentes du 28 juin 1576 en font foi. Dès 1561, il exécuta, probablement avec Médard Chuppin (2), des travaux de peinture dans les appartements du Palais ducal, puis il partit pour l'Italie d'où il dut revenir vers 1567, car, à partir de cette époque et jusqu'en 1577, les registres du trésorier général font mention de ses travaux au château de Blâmont (3) et à celui de Nancy (4). Tantôt il peint

---

(1) M. L. Germain, *La famille des Richier*, p. 26.

(2) Comte V. de Saint-Mauris, *Etudes sur la Lorraine*, I, p. 406.

(3) Archives de Meurthe-et-Moselle, B. 3277.

(4) *Ibid.* B. 1155, 7657, 1165, 1188, 1201, 1203. — Cs. H. Lepage, *Le palais ducal* (*Bull. de la Soc. d'Arch. lor.*, année 1852, p. 61, 68).

des panonceaux pour le signe patibulaire (1), tantôt il restaure le cadran de l'horloge du château (2), mais il s'occupe surtout de blason et c'est à lui qu'est confiée l'exécution des écussons portés dans les services funèbres que le Duc fait célébrer à sa cour (3). Aussi, le 28 juin 1576 (4), Didier Richier fut nommé poursuivant d'armes au titre de Clermont et aux gages annuels de deux cents francs (5).

Les hérauts d'armes, dit Durival (6), « tenaient « registre de la noblesse, enrégistraient les lettres, « blasonnaient les armoiries, dressaient les généalogies, « déclaraient la guerre et publiaient la paix ». On peut ajouter qu'ils présidaient aux cérémonies publiques, et accompagnaient le souverain dans ses voyages et ses expéditions militaires, dont ils étaient souvent les historiographes. Lionnois (7) donne d'intéressants détails sur la réception, les fonctions et les privilèges des hérauts d'armes. S'il est vrai qu'à l'origine cette charge fut

(1) Arch. de Meurthe-et-Moselle, B. 7260.

(2) *Ibid.*, B. 1175.

(3) H. Lepage, *Les peintres lorrains des XVe, XVIe et XVIIe siècles. (Bull. de la Soc. d'Arch. lor.*, année 1853-54, p. 38, 39 et 45).

(4) *Ibid.*, p. 46.

(5) V. le *Compte du Trésorier Général de Lorraine pour 1580*, publié dans le *Journal de la Soc. d'Arch. lor.*, année 1855, p. 127.

(6) Cité par H. Lepage, *Les offices des duchés de Lorraine et de Bar. (Mém. de la Soc. d'Arch. lor.*, année 1869, p. 375).

(7) Lionnois, *Principes du Blason*, p. 12. On peut aussi consulter sur ce sujet M. P. Landau, *Des joutes et des tournois en Allemagne. (Revue d'Austrasie*, année 1841, p. 74).

donnée à des soldats ou à de vieux domestiques
illettrés (1), au XVIe siècle on choisissait pour la remplir
des écrivains et des artistes. — Les hérauts d'armes
avaient pour auxiliaires les poursuivants et les cloches
d'armes ; cependant il semble résulter du *Compte* cité
plus haut que, en 1580, il n'y avait pas de héraut
d'armes ; Didier Richier quoique simple poursuivant en
faisait les fonctions.

Moins de deux ans après son entrée en charge, il fut
délégué par le maréchal de Lorraine, Jean comte de
Salm, pour rechercher tous les nobles du duché, et voici
dans quelles circonstances il reçut cette mission. —
Dès 1556, le régent Nicolas de Lorraine, et, en 1573, le
duc Charles III avaient constaté que le domaine était
« grandement surchargé et diminué » en raison du
nombre des anoblis affranchis d'impôts pour eux et leur
postérité. Il parait aussi que plusieurs de ces nobles
avaient dérogé et encouru la perte de leurs privilèges.
En conséquence, par lettres du 11 juin 1573, il ordonna
qu'à l'avenir tout nouvel anobli serait tenu de présenter
ses lettres de noblesse à la Chambre des Comptes, et
d'y joindre une déclaration de ses biens, dont le tiers
serait versé au Trésor. Dans le cas où l'anobli n'aurait
pas une fortune suffisante pour tenir son état, la Chambre
confisquerait ses lettres de noblesse. Enfin, le duc rap-
pelait la défense faite aux nobles d'exercer un métier
manuel, sous peine de perdre leurs privilèges (2). Cette

(1) P. Menestrier, *Origine des armoiries* (1671), p. 5.
(2) D. Calmet, *Dissertations sur la noblesse lorraine*,
Hist. de Lor., 1re édit. (1748), II, col. 29 ; 2e édit. (1752),
V, col. 233 et s. — Rogéville, II, p. 145, cité par Lepage
et Germain, *o. c.*, *Dissertation sur la Noblesse*, p. 9.

mesure, outre les avantages sérieux qu'elle présentait pour le Trésor, était une satisfaction donnée aux gentilshommes de l'ancienne chevalerie qui voyaient avec inquiétude une aristocratie nouvelle s'élever à côté d'eux, menacer leurs prérogatives et entrer déjà dans les conseils du prince. Dom Calmet (1) indique bien les différentes phases de cette lutte entre l'ancienne noblesse, jalouse de ses privilèges, et la nouvelle qui tend à les usurper. Dans ce conflit, les sympathies du souverain sont manifestement en faveur des anoblis. Charles III avait refusé deux années de suite, en 1559 et en 1560, de prêter le serment exigé de ses prédécesseurs pour le maintien des privilèges de la chevalerie ; en 1562 seulement, il avait dû céder pour obtenir un aide extraordinaire et non sans protester par devant notaire contre la violence qui lui était faite (2). Le 10 décembre 1576, les gentilshommes réunis aux Assises demandèrent au duc de prescrire une recherche de tous les nobles du pays. Charles III retarda tant qu'il put l'exécution de cette mesure, et ce fut à la dernière limite, le 12 septembre 1577, quatre jours avant la fin de la session annuelle des Assises, qu'il donna commission aux maréchaux de Lorraine et de Barrois pour rechercher les nobles qui faisaient acte de roture, prenaient les titres d'honoré seigneur et d'écuyer, grillaient leurs heaumes, écartelaient leurs armes ou usurpaient les noms et armes des maisons éteintes de l'ancienne chevalerie. La mesure était venue si tardivement que les

---

(1) D. Calmet, *Dissertation sur la noblesse lorraine,* *Hist. de Lor.* (1752), V.

(2) H. Lepage, *Les offices...,* *l. c.,* p. 134 et 427.

gentilshommes, siégeant alors aux Assises, n'en eurent même pas connaissance et ils réitérèrent leurs plaintes. Le duc fit répondre qu'il avait donné commission, et sept mois s'écoulèrent sans qu'on s'en occupat davantage. Ce fut seulement le 16 avril 1578 que le maréchal de Lorraine délégua ses pouvoirs à Didier Richier, et celui-ci attendit jusqu'au 1er juillet pour commencer son recensement, tellement qu'aux Etats tenus à Nancy, le 7 août 1578, les gentilshommes renouvelèrent pour la troisième fois leur réclamation (1). Le duc fit répondre que le poursuivant d'armes venait de commencer sa Recherche. Didier Richier procéda d'abord avec une sage lenteur et mit près d'une année à relever la liste des nobles résidant à Nancy ; par contre il mena rapidement sa tournée dans le reste du duché : commencée le 15 juillet 1579, elle était terminée le 26 août suivant.

La Recherche des nobles du duché de Bar présentait alors moins d'intérêt que celle du duché de Lorraine. Dans le Barrois, en effet, il n'y avait pas de chevalerie et, par suite, il n'existait aucune distinction, quant aux privilèges, entre les gentilshommes et les anoblis (2). Cette différence capitale entre la constitution de la Lorraine et celle du Barrois donne de nos jours une importance considérable à cette partie des opérations du poursuivant d'armes. En Lorraine, Didier Richier n'eut pas à recenser les membres de la chevalerie, que leur situation politique mettait au-dessus de toute enquête ; dans

(1) H. Lepage, *Les offices*....., *l. c.*, p. 70. — Arch. de Meurthe-et-Moselle, *Layette Etats Généraux de Lorraine*, I, nos 11, 34, 35 et 83.

(2) D. Calmet, *Dissertation sur la noblesse lorraine*, *Hist. de Lor.* (1748), II, col. 20.

le Barrois, au contraire, ses procès-verbaux donnent l'état exact de la noblesse du duché, gentilshommes et anoblis. — Le 20 février 1580, le maréchal de Barrois, African d'Haussonville, donna commission à Didier Richier pour rechercher les nobles du duché de Bar, et les procès-verbaux, malheureusement incomplets, que nous possédons sur cette partie de l'enquête montrent qu'elle n'eut lieu qu'aux mois de juin et juillet 1581.

Toutes ces mesures furent impuissantes : les usur-pations et les dérogeances continuèrent comme par le passé, et, en 1585, de nouvelles lettres rappelèrent la défense d'usurper les qualifications nobiliaires et de prendre les particules *le, la, du* ou *de* (1). Cette fois, ce furent les baillis qui furent chargés de faire exécuter l'ordonnance (2), mais on peut supposer qu'ils reçurent des instructions secrètes pour fermer les yeux sur un état de choses qui servait la politique du souverain. L'ordonnance de 1585 ne fut pas mieux exécutée que les précédentes, il en fut de même de celle de 1592 (3), et la question se présenta de nouveau lors de la rédac-tion de la coutume de 1594.

Didier Richier était mort à cette époque. Il fut encore envoyé en mission à Passavant, à la fin de 1582 (4) mais nous trouvons pour la dernière fois sa signature, à la date du 6 mai 1584. H. Lepage pense qu'il mourut soit à la fin de cette année, soit au commencement de l'année suivante. Cette dernière date me semble devoir

---

(1) D. Calmet, *Dissertation sur la noblesse lorraine Hist. de Lor.* (1752), V, col. 241.
(2) H. Lepage, *Les offices.....*, *l. c.*, p. 95.
(3) H. Lepage, *Les offices.....*, *l. c.*, p. 95.
(4) Arch. de Meurthe-et-Moselle, B. 1196, fᵒ 397 vᵒ.

être préférée, car les comptes du Trésorier général font encore mention des gages versés à Didier Richier, pour l'année 1585 (1). Il laissa une veuve et plusieurs enfants dont l'un, Pierre Richier, était peintre et suivit la carrière de son père : il fut nommé poursuivant d'armes, au titre de Vaudémont, par lettres patentes du 16 août 1585 (2).

II

Quelle méthode Didier Richier a-t-il suivie dans sa Recherche ? Voici comment il procédait : arrivé dans une localité, il commençait par mander le maire, le receveur, le prévôt ou le lieutenant du bailli, lui donnait lecture de sa commission, puis le requérait de lui déclarer les nobles résidant dans sa circonscription, et de lui signaler leur manière de vivre ; il convoquait ensuite les tabellions et leur demandait comment ces nobles se qualifiaient dans leurs contrats.

La plupart des nobles s'exécutèrent de bonne grâce ; ceux qui ne purent présenter leurs titres furent avisés d'avoir à les tenir prêts, pour le jour où ils seraient assignés devant le maréchal de Lorraine. Il en est cependant qui refusèrent de reconnaître au poursuivant d'armes le droit de les instrumenter. Toussaint d'Aultrey et Alberic des Brielles lui firent répondre que « cela « nestoit pas por luy ny de sa jurisdiction. » Jean Maulcervel répondit que « quoy que ses biens et ses ser- « vices soint entièrement au pouvoir de Son Altesse, il

(1) Arch. de Meurthe-et-Moselle, *Comptes de 1585*, fo 210.
(2) H. Lepage, *Les peintres lorrains*, *l. c.*, p. 32 et 47 ; *Les offices* ....., *l. c.*, p. 384.

« nesteroit c'est à dire comparoiteroit iamais devant
« personne pour ce quon luy demendoit au suiet de sa
« noblesse. » Jean de Mussey et Jean Gainot firent la
même réponse. Jean I et II de Longeville, prétendirent
qu'appartenant à la chevalerie il n'étaient pas tenus de
prouver leur noblesse. Quant à Nicolas de Lespine,
interrogé sur sa qualité, il répondit que « Monsieur de
Toul congnoissoit asses d'où il estoit », et le bon Richier
ajoute discrètement : « Par ce ne men suis enquis
dauentaige. » Il résulte des procès-verbaux dressés
par le poursuivant d'armes qu'un grand nombre d'anoblis tenaient boutique, et l'un d'eux, à Saint-Nicolas,
cumulait les fonctions de tabellion avec celles d'auber-
giste à l'enseigne de l'Ange.

Didier Richier commença ses opérations par
Nancy, où il ouvrit son enquête le 1 juillet 1578 ;
nous le voyons ensuite instrumenter à Saint-Nicolas
le 15 juillet 1579, à Rozières le 20, à Bayon le 22
et à Charmes le 24. Le 27, il descend à Bruyères
pour remonter, le 29, à Châtel et se diriger sur
Epinal le 31. Il doit repasser par Bruyères pour
aller à Saint-Dié où il est le 1er août, le 3 il est à
Raon, le 4 à Lunéville et le 8 à Einville. Nous le trouvons à Dieuze le 10, à Salonne le 11, à Château-Salins
le 12 et à Amance le 13. De là, il revient à Nancy et,
trois jours après, le 16, il est à Vézelise, le 18 à Mirecourt, le 24 à Châtenoy et le 26 à Neufchâteau, d'où il
revient à Nancy. Deux années après, Richier commença
sa tournée dans le Barrois, et il la mena rapidement
malgré le surcroit de travail que la constitution du
duché lui occasionna. Nous avons vu en effet que si le
poursuivant d'armes n'eut à instrumenter en Lorraine

que les anoblis ou leurs descendants, il n'en fut pas de même dans le Barrois, où tous les gentilshommes durent produire leurs quartiers. Il fallut dès lors modifier la forme des procès-verbaux, et au lieu de placer les armoiries en marge, les ranger par lignes entre chaque article. En parcourant les procès-verbaux des bailliages de Saint-Mihiel et de Clermont, les seuls que nous possédions authentiquement, on constate que Richier, parti de Nancy le 1er juin 1581, était à Pont-à-Mousson le 2, à la Chaussée le 4, à Etain le 10, à Norroy-le-Sec le 13 et à Briey le 15. Le 17, il descendit à Conflans pour remonter le 19 à Sancy, le 21 à Longwy et le 23 à Longuyon. De là, il se dirigea vers Stenay où il était le 26, et Dun où il était le 28 juin. Le 29 il est à Varennes, et le 1er juillet nous le voyons à Clermont; de là sans doute il alla à Bar et dans le Bassigny, car nous le retrouvons à Saint-Mihiel le 25 juillet, et le 30 à Hattonchâtel.

Dom Calmet (1) juge sévèrement Didier Richier, il critique non seulement la rapidité de son enquête mais encore ses procédés d'information. Après avoir mis plus d'une année à relever la liste des nobles de Nancy, Richier fit en un mois et dix jours le tour de la Lorraine et en deux mois celui du Barrois. « Duquel tems, « remarque Dom Calmet, si on ôte celui qu'il fut « obligé d'employer à ses voyages et à son repos, on « verra qu'à peine il lui en resta assez pour écrire seu- « lement le nom et les armes des nobles, non de tout « le duché de Lorraine, mais des endroits de ce duché « qu'il lui plût de parcourir. »

(1) D. Calmet, *Bibl. lor.* (1751), col. 1010, et *Dissertation, Hist. de Lor.* (1752), V, col. 236.

Dom Calmet reproche ensuite à Didier Richier de s'être contenté de la simple affirmation de fonctionnaires peut-être mal informés, et de ne pas avoir contrôlé les minutes des notaires absents, malades ou décédés. Suivant le docte bénédictin, la rapidité et la légèreté de l'enquête, dont les procès-verbaux n'ont pas même été vérifiés, donneraient à ceux-ci, quand ils ne sont pas appuyés de preuves, la valeur de simples notes particulières.

Il est certain que le poursuivant d'armes mena rapidement son enquête, mais cela s'explique par la modicité des frais de déplacement qui lui furent alloués. Les comptes du Trésorier général pour les années 1579 et 1581 (1) nous apprennent que Richier ne reçut que 200 francs pour sa tournée en Lorraine et 150 francs pour celle dans le Barrois (2). Cela fait environ 3 francs

---

(1) « A Didier Richier dit de Vic poursuiuant d'armes de « Monseigneur la somme de deux cens frans pour fournir à « la despense dun veaige que mondt seigneur luy a com- « mandé faire partout le Duché de Lorraine pour faire une « reueue et recueil des blasons armoiries et qualitez des « nobles dudt duché. Appert par mandement donné à Nancy, « le xxvjᵉ Juing an susdt, cy rendu et quittance. Icy lesdts : 11ᶜf. »

« Didier de Vic poursuyuant darmes de Monseigneur, cent « cinquante frans pour soustenir la despense dung veaige « par le barrois que luy a esté commandé faire pour faire « une description des nobles dudt duché. Appert par mande- « ment donné au Pontamousson le xjᵉ septembre mil cinq « cens quatre vingtz cy rendu et quittancé. Icy cl f. »

(Arch. de Meurthe-et-Moselle, B. 1183, fᵒ 292 et R. 1188, fᵒ 307.— Cs. H. Lepage, *Les peintres lorrains*, *l. c.*, p. 45 n.)

(2) La valeur moyenne du franc, en 1580, était de 2 fr. 19 de notre monnaie (Cᵗᵉ de Riocour, *Les monnaies lorraines*, *Mém. de la Soc. d'Arch. lor.*, année 1883, p. 86).

et demi par jour ; franchement un poursuivant d'armes ne pouvait pas se déplacer à moins. Mais il ne faut pas croire, comme Dom Calmet paraît le supposer, que Didier Richier termina sur place son enquête et qu'il rédigea notamment sa Recherche des Nobles de Lorraine en quarante-trois jours. Les comparants lui envoyèrent leurs titres après son retour à Nancy, là il put les controler à loisir, il en fit prendre copie, et son enquête se prolongea, minutieuse et patiente, pendant toute l'année 1583, et une partie de 1584. Parfois même Richier se transporta de nouveau sur les lieux pour faire un supplément d'enquête ; c'est ainsi qu'ayant instrumenté à Einville, le 8 août 1579, il retourna dans un village voisin, à Serres, le 2 janvier 1580, pour dessiner des vitraux et une tombe de la famille de Haudonviller, et nous le voyons revenir à Amance, le 27 juin 1580, dix mois après sa première visite, pour recueillir sur place les preuves de Nicolas Gellée.

Comment expliquer dès lors la sévérité du jugement porté par Dom Calmet ? jugement que les copistes ordinaires du savant bénédictin n'ont pas manqué de reproduire (1). Une phrase de sa *Dissertation* (2) donnera peut-être l'explication de l'enigme. On y lit en effet « rien ne fut plus facile à un gentilhomme que de « pouvoir être mis par Richier au nombre des simples « nobles, ou même des usurpateurs ». Est-ce que l'auteur voudrait appuyer la prétention de quelque descen-

(1) Cayon (*Anc. chevalerie de Lor.*, 1850, *Disc. prél.*, p. XII) va jusqu'à traiter la Recherche de Didier Richier de nobiliaire apocryphe.

(2) *Hist. de Lor.*, (1752) V, col. 237.

dant d'anobli se disant gentilhomme ? En poursuivant la lecture de la *Dissertation*, il est impossible de ne pas remarquer la complaisance avec laquelle D. Calmet cite certains noms. Qu'il s'agisse de demander des mesures de coercition envers les usurpateurs de titres nobiliaires, ou de défendre les privilèges séculaires de la chevalerie, c'est toujours un Bouzey qui est à la tête du mouvement (1). Enfin, on lit (col. 233) : « l'annota- « tion de Richier relative à François de Salvan, S^r de « Bouzey, a été déclarée contraire à la vérité et aux « preuves resultantes des titres produits, par arrêt « rendu au Conseil d'Etat du Duc François III, aujour- « d'huy Empereur, le 19 août 1732..... »

Il est permis de penser que Dom Calmet a sacrifié Didier Richier aux prétentions d'une famille puissante, alliée aux Ligniville et représentée alors par deux grands personnages, le Maréchal et le Prélat de Bouzey (2) qui avaient effectivement fait rendre, par la Chambre des Comptes, le 19 août 1732, un arrêt de faveur, comme elle en rendit beaucoup à cette époque. Cet arrêt les fait descendre de l'ancienne maison de Bouzey, connue dès l'an 1304 (3) ; mais il paraît certain qu'ils s'appelaient en réalité Seullaire, et que leur famille, anoblie en 1486, avait pris d'abord le nom de Salvan puis celui de Bouzey, à la suite de l'acquisition relativement récente de cette terre (4). Didier Richier est très

---

(1) *Hist. de Lor.* (1752), V, col. 229, 231, 234, 249, 254, etc.

(2) H. Lepage, *Les offices*....., *l. c.*, p. 77 et 369.

(3) M. Ch. Charton a accrédité cette erreur dans son ouvrage *Les Vosges pittoresques et historiques*, p. 334.

(4) Cs. Did. Richier dit Clermont, *Recherche, Bail. de Vosges* ; Dom Pelletier, p. 750 ; les auteurs cités par

formel sur ce point ; son affirmation gênait beaucoup
MM. de Bouzey, aussi obtinrent-ils qu'il serait fait mention de l'arrêt de 1732 en marge du procès-verbal de
la Recherche, et ils firent insérer dans le Dictionnaire
de Moréri un long article calqué sur celui de Dom
Calmet (1).

Le poursuivant d'armes dut être l'objet de bien des
sollicitations ; il paraît avoir remanié plusieurs fois ses
procès-verbaux, comme je l'ai déjà signalé à propos de
la famille de Chastenoy (2), mais il n'avait aucun intérêt
à amoindrir la situation des nobles qu'il avait mission
de rechercher et, si on peut lui adresser un reproche,
ce n'est certes pas celui-là.

III

Il peut être intéressant de savoir ce que sont devenus
les procès-verbaux de Didier Richier. Ils faisaient encore foi au siècle dernier et devaient être alors dans un

M. L. Germain dans sa notice *Pierre Woeiriot et sa famille*
(*Journal de la Soc. d'Arch. lor.*, année 1891, p. 102). Voir
aussi le même *Journal*, année 1892, p. 65, et l'article biblio-
graphique de M. L. Germain sur *Pierre Woeiriot*, *Annales
de l'Est*, année 1892, p. 11 du tirage à part). — Postérieu-
rement à la rédaction de ce travail, le hasard m'a fait
découvrir dans l'exemplaire annoté du *Simple Crayon*
d'Husson l'Escossois, appartenant à la Bibliothèque publique
de Nancy, (p. 326 de l'ancienne pagination), une note ma-
nuscrite discutant l'arrêt de 1732. L'auteur anonyme refuse
également toute valeur à cet arrêt de complaisance.

(1) Moréri, *Dict. hist.* (1759), II, p. 209. — Cet article
est suivi de la mention significative : *Mémoire commu-
niqué.*

(2) *Note sur la famille de Chrétien de Chastenoy* (*Mém.
de la Soc. d'Arch. lor.*, année 1892, p. 205).

dépôt public, puisque l'arrêt de 1732 dont je viens de parler ordonne sa transcription en marge de la Recherche. Il en existait plusieurs expéditions collationnées par le poursuivant d'armes lui-même, car la description donnée par un inventaire du siècle dernier, conservé aux archives de Meurthe-et-Moselle (1) ne concorde pas avec celle des volumes que j'ai eus entre les mains.

Dom Calmet (2) dit que la Recherche était consignée dans deux registres ; l'un, concernant la Lorraine, était déposé à la Chancellerie de Lunéville ; l'autre, concernant le Barrois, était au Trésor des Chartes. Cette dernière assertion est confirmée par une note de Vignolles, commis-garde du Trésor des Chartes, note qui se trouve à la fin d'un extrait de la Recherche dont je parlerai plus loin. Ailleurs Dom Calmet dit avoir vu dans la bibliothèque du prieuré de Flavigny un gros volume contenant la Recherche des nobles du bailliage de Saint-Mihiel (3). — Michel assure que *le* registre de Didier Richier était déposé, avec ceux de Callot, à la Chambre des Comptes de Lorraine (4). — A la Révolution, le Trésor des Chartes possédait toute la Recherche de Richier en cinq registres (5) : le premier contenait les nobles de Lorraine, le second ceux

(1) Arch. de Meurthe-et-Moselle, B. 435.

(2) Dom Calmet, *Dissertation*, *Hist. de Lor.* (1752), V. col. 236.

(3) D. Calmet, *Bibl. lorr.* (1751), col. 826.

(4) Michel, *Biog. des hommes marquants de la Lorraine* (1829), p. 44 et 227.

(5) Quatre seulement peut-être (V. Lepage et Germain, *o. c.*, *Dissertation*, p. 11).

du bailliage de Bar, le troisième et le cinquième ceux
du bailliage de Saint-Mihiel, enfin le quatrième ceux du
bailliage de Clermont ; ces précieux manuscrits devaient
être brulés, conformément à la loi inique et absurde du
24 juin 1792 ; M. Lepage a publié l'inventaire dressé
par les commissaires chargés de cette opération, mais
il croit que les registres n'ont pas été détruits et qu'ils
étaient, en 1857, entre les mains d'un propriétaire des
Vosges (1). Cayon dit, en effet, que les procès verbaux
occupaient deux gros volumes qui, en 1850, faisaient
partie de la bibliothèque de M. de Gourcy où il les a
consultés (2).

Ces deux volumes existent toujours : le premier,
contenant la Recherche pour les bailliages de Nancy,
Vosges et Allemagne, paraît être une expédition certifiée
par Richier lui-même dont elle porte plusieurs fois la
signature (3). J'ai eu entre les mains ce précieux manuscrit qui fait partie d'une bibliothèque privée : c'est
un petit in-folio de 225 feuillets, non compris 19 feuillets
intercalés. Les f°s 47, 48, 54, 81 à 84 ont disparu ; les
preuves commencent au f° 85, et les f°s 150 et 185 sont
en blanc. L'ouvrage est enrichi de dessins et de nombreux écussons d'un beau style ; il est relié en veau ; le
dos, frappé aux armes simples de Lorraine parties de
Bar, porte la cote : *Recherche des nobles de Lorraine*

---

(1) H. Lepage, *Le trésor des chartes de Lorraine*. (*Bull.
de la Soc. d'Arch. lor.*, année 1857, p. 258 et s.)

(2) Cayon, *Anc. chevalerie de Lorraine* (1850), *Disc. pré-
lim.* p. XII.

(3) Lepage (*Les Offices....., l. c.*, p. 380) dit que les ori-
riginaux de Richier sont perdus.

et plus bas : *J. G. F. Chassel* (1). — Après avoir appartenu à ce collectionneur, le manuscrit est entré dans la
bibliothèque de M. de Thumery dont il porte également
l'*ex-libris*.

Il existe plusieurs copies de cette partie de la Recherche, et elles présentent entre elles de curieuses
variantes.

Le second volume signalé par Cayon contient la Recherche pour les bailliages de Saint-Mihiel et de Clermont. Comme le premier, il paraît être une expédition
certifiée par le poursuivant d'armes et il est orné de
nombreux blasons en couleurs. C'est un énorme in-folio
de 619 feuillets, car les deux bailliages sont reliés ensemble bien qu'ils aient une pagination distincte. Le
bailliage de Saint-Mihiel occupe 319 feuillets, non compris quelques feuilles intercalées ; les fᵒˢ 12, 13, 15, 16,
23, 24, 35, 40, 64, 83, 108, 109 et 111 ont disparu. Les
procès-verbaux s'arrêtent au fᵒ 120 vᵒ ; les fᵒˢ 124 à 128
sont occupés par le rôle des villages du bailliage, et
les fᵒˢ 130 à 159 vᵒ par une copie du *Dialogue de
Johannes Lud* ; enfin, les preuves commencent au fᵒ 166.
— Le bailliage de Clermont occupe 300 feuillets, non
compris les feuilles intercalées ; les preuves commencent au fᵒ 54 ; enfin, deux tables alphabétiques, tables
inexactes et non cotées, ont été ajoutées à la suite de
l'ouvrage. Celui-ci est enfermé dans une reliure en veau
plein, portant la cote inexacte : *Nobiliaire de Bar et
de Clermon*. Avant d'être relié, le manuscrit a appar-

---

(1) Cs. Bégin, *Biographie de la Moselle* (1829), I, p. 237 ;
Journal de la Soc. d'Arch. lor., année 1857, p. 65 et année
1874, p. 123 ; *Mémoires* de la même Soc., année 1873, pp. 8,
9, 33 et 39.

tenu à Jean Callot qui a dessiné ses armes sur le titre
de chacune des deux parties, avec l'inscription suivante :
*A Jean Callot hérault d'Armes à Son Altesse le 20
novembre 1613.*

Il est probable que c'est bien là le « gros volume »
que Dom Çalmet a vu dans la bibliothèque du prieuré
de Flavigny ; des mains de M. de Goùrcy, il est passé
dans celles de M. de Salis, et il appartient depuis peu à
la bibliothèque de la Ville de Metz.

A la suite de cet ouvrage, on a relié un cahier petit
in-folio, composé de 11 feuillets, dont l'écriture paraît
dater du commencement du xviiie siècle ; c'est une
copie de la Recherche de Didier Richier dans le bailliage de Bar ; mais les preuves manquent, les écussons
sont de simples croquis souvent informes, et rien ne
prouve l'exactitude de cette copie qui paraît incom-
plète et a été manifestement remaniée.

Notre confrère M. Bigorgne a découvert récem-
ment à la Bibliothèque Nationale (1), un extrait de la
Recherche de Richier, concernant les prévôtés de
Stenay et de Dun, au bailliage de Saint-Mihiel (2).
C'est une copie peu exacte prise par Vignolles, commis
garde au Trésor des Chartes de Lorraine, le 17 novembre 1660.

Il reste encore à retrouver l'original des procès-
verbaux relatifs aux bailliages de Bar et du Bassigny.
Voici, d'après l'inventaire conservé aux Archives (3),

(1) Mss. n. a. fr. 2021, fol. 95 à 118.
(2) Le *Journal de la Soc. d'Arch. lor.*, année 1889, p. 174,
a rendu compte de cette découverte.
(3) *Arch. de Meurthe-et-Moselle*, B. 435.

la description du manuscrit de la Recherche dans le premier de ces bailliages. Le registre, coté sur le dos *Bar*, est chiffré jusqu'au feuillet 193 et écrit jusqu'au 190ᵉ. La table des noms occupe le 191ᵉ, les deux autres sont en blanc. Du 1ᵉʳ feuillet au 38ᵉ, le manuscrit traite de la prévôté de Souillier (Souilly) ; le fᵒ 10 a été coupé en partie ; du fᵒ 39 le chiffre passe par erreur à 50 ; enfin, depuis le fᵒ 38 jusqu'au fᵒ 50, 5 feuillets sont en blanc. Au fᵒ 53 commence la prévôté de Bar, les feuillets 93 à 96 sont en blanc. Les preuves de la prévôté de Souilly vont du fᵒ 97 au fᵒ 165 ; les feuillets suivants jusqu'au 170 sont en blanc. Au fᵒ 171, commencent les preuves de la prévôté de Bar, jusqu'au fᵒ 190. Enfin, aux feuillets 60 et 165 vᵒ se trouvent des additions du P. Hugo et de J. Callot,

Espérons que de nouvelles découvertes permettront de reconstituer, dans son entier, une œuvre qui présente tant d'intérêt pour l'histoire des anciennes familles de notre pays.

LIVRE DE LA RESERCHE ET DU RECUEUIL

DES NOBLES

DES DUCHÉS DE LORRAINE ET DE BAR

PAR

DIDIER RICHIER DICT CLERMONT

Poursuyvant d'armes de Son Alteze.

(1579–1581)

ARMORIAL

3.

AVERTISSEMENT

Cet armorial contient toutes les armoiries enregistrées par Didier Richier dit Clermont, dans sa Recherche des bailliages de Nancy, Vosges et Allemagne (Lorraine), Saint-Mihiel et Clermont (Bar). J'y ai joint celles du bailliage de Bar, d'après une copie ancienne dont les écussons ont été complétés à l'aide de divers armoriaux : le *Simple Crayon* de Husson l'Escossois, *le Hérault d'armes* de Callot, l'*Armorisme* publié dans *l'Austrasie* (1858 à 1860), le *Nobiliaire* de Dom Pelletier, un armorial manuscrit composé au siècle dernier d'après la Recherche de Didier Richier, etc.

J'ai adopté deux séries de numéros, la première pour la Lorraine, la seconde pour le Barrois. Dans chaque série, le premier chiffre est un numéro d'ordre, le second est celui de la comparution devant le poursuivant d'armes : il a fallu intervertir souvent ces derniers chiffres, pour grouper les comparants d'après leur résidence ; mais, sauf indication contraire, les renvois s'appliquent toujours au numéro d'ordre, c'est-à-dire au premier numéro de la même série.

Des corrections postérieures au numérotage ont fait ajouter les nᵒˢ 20 bis, 159 bis, 460 bis, 462 bis, supprimer le nᵒ 88, substituer 121 bis à 128 et 465 bis à 471.

Enfin cet armorial, rigoureusement limité à la Recherche de Didier Richier, ne comprend pas les additions de Callot et du Père Hugo.

DUCHÉ DE LORRAINE.

Bailliage de Nancy.

A Nancy. — 1 — 1. Jehan BEURGES : D'azur au chevron d'or accompagné en chef de 2 coquilles d'argent et en pointe d'un cigne de même.

2 — 2. Chrestien de CHASTENOY : D'or au favier de sable.

3 — 3. Claude JENIN : Losangé d'or et de gueules, à la fasce d'azur, une croix tréflée d'argent brochant sur le tout. (V. *Beautrizet*).

4 — 4. Gilles de TRÈVES : D'or au triangle de gueules accompagné de 3 croissants d'azur. (V. *Le Clerc*).

5 — 5. Nicolas CHAMPENOIS dict de NEUFLOTTE : Écartelé au 1 et 4 d'azur au chevron d'or accompagné en chef de 2 étoiles de même et en pointe d'un lion d'argent ; au 2 et 3 de gueules semé de croisettes pommetées au pied fiché d'or, au lion de même, un chevron d'azur chargé de 3 têtes de cerf d'or brochant sur le tout. (V. *Gircourt*).

6 — 6. François CHAMPENOIS : De .... au chevron de gueules accompagné en chef de 2 étoiles et en pointe d'un lion de ....

7 — 7. Cuny BRISEUR : De sinople au cerf couché d'argent.

8 — 8. Pierre LE CLERC : D'or au léopard de gueules couronné de même, au chef d'azur chargé de 3 besans d'or, écartelé d'or au triangle de gueules accompagné de 3 croissants d'azur. (V. *Trèves*).

9 — 9. Jean, Claude et Mengin LE CLERC : D'or au léopard de gueules couronné de même, au chef d'azur chargé de 3 besans d'or.

10 — 10. Jean et Nicolas de LESCUT : D'or au lion de sable chargé sur l'épaule d'un écusson d'argent.

11 — 11. Jehan, François et Jacques BEAUFORT : De sable à la fasce vivrée de trois pièces d'or, accompagnée de 2 léopards de même, celui de la pointe contourné.

12 — 12. Les enfants de Jean WYLLOT : De gueules à 3 vases d'argent. *Ou* D'argent à trois fusées d'azur mises en fasce et chargées chacune d'une croix recroisettée au pied fiché d'or. (V. *Godenet*).

13 — 13. Isaac et Charles DIDELOT : De sable au sautoir gironné d'argent et de gueules de 16 pièces, surmonté en chef d'une étoile d'or. (V. *Caboat*, *Forgeault* et *Godin*).

14 — 14. Bertrand MITAT : D'or à la fasce de gueules accompagnée de 3 croix patées d'azur.

15 — 15. Nicolas et Thoussainct FOURNIER : Ecartelé en sautoir, le chef et la pointe d'azur au pal d'or chargé de 3 tourteaux de gueules, les flancs d'or à la tête de lion d'azur lampassée et couronnée de gueules.

16 — 16. Didier PARISET : D'azur au chevron d'or accompagné de 3 lions de même, les 2 du chef affrontés.

17 — 17. Claude BARDIN : Ecartelé en sautoir, le chef et la pointe d'azur à la sphère d'or, les flancs d'argent.

18 — 18. Nicolas GENNETAIRE : D'or à la fasce d'azur accompagnée de 3 hures de sanglier de sable.

19 — 19. Nicolas WYON : D'azur à la fasce d'argent accompagnée de 3 coquilles d'or.

20 — 20. Nicolas et René de La Ruelle : D'azur à la serre d'aigle arrachée d'or, au chef d'argent chargé de 3 tourteaux de gueules.

21 — 21. Pierre et François Petit : D'azur à la patte de lion arrachée d'or, armée de gueules, au chef d'argent chargé de 3 molettes de gueules.

22 — 22. Jean Bertrand : D'azur à la bande d'or cotoyée de deux lions de même.

23 — 23. Nicolas Peltre : D'or à la fasce d'azur accompagnée de 3 têtes de civette de gueules.

24 — 24. Pierre Thellier : Ecartelé au 1 et 4 d'or à la tête de cerf au naturel, au 2 et 3 d'azur à l'étoile à 10 raies d'or.

25 — 25. Bonnaventure Rennel : D'azur à la croix ancrée d'or chargée en cœur d'un tourteau de gueules.

26 — 26. Laurent Courcol : De gueules au massacre de daim d'argent, accompagné de 4 besans d'or mis en croix.

27 — 27. Mengin Courcol : D'azur à la fasce vivrée de 2 pièces d'argent accompagnée de 3 besans d'or.

28 — 28. Thiery Alix : D'azur à 3 massacres de cerf d'or.

29 — 29. Jean Ferry : D'azur à la fasce d'or accompagnée de 3 croix recroisettées d'argent.

30 — 30. Les enfants de Jean Doulcette : D'argent à la bande d'azur chargée de 3 besans d'or.

31 — 31. Didier Urbain : D'argent au mufle de léopard de sinople, au chef de pourpre chargé de 3 annelets d'argent.

32 — 32. Jean, François, Laurent et Anthoine Serre : De gueules au cerf d'argent ramé de 3 pièces.

33 — 33. Les enfants de Claude Crocq : D'azur à la fasce d'or accompagnée de 3 écussons d'argent.

34 — 34. Nicolas Huguenin dict Brenon : De pourpre à la fasce d'or chargée d'une tête de cerf à 24 cors au naturel, et accompagnée de 3 verges d'huissier d'or.

35 — 35. Estienne Beautrizet : Losangé d'or et de gueules, au chef d'azur chargé d'une croix tréflée d'argent. (V. *Jenin*).

36 — 36. Nicolas, Jean et Jhérosme Lambert : D'azur à 3 têtes de panthère d'argent mouchetées de sable.

37 — 37. Estienne Guillaume : D'azur au chevron engrelé d'or accompagné de 3 annelets de même.

38 — 38. Jean Rouyer : D'azur au canon d'argent sur un tertre de même.

39 — 39. Didier Bourgeois : Coupé en chef d'argent au lion léopardé naissant de sable, en pointe d'or à 2 bandes d'azur, à la fasce de gueules brochant sur le tout.

40 — 40. Jean Barnet : Bandé et contrebandé d'or et d'azur de 6 pièces.

41 — 41. Médard Chuppin : D'azur à 3 écussons d'argent, au chef d'or.

42 — 42. Philibert, Didier et Chrestien Philibert : D'azur à 3 couronnes de fleurs d'or.

43 — 43. George, Claude, Nicolas, Jean et Charles Mainbourg : Ecartelé au 1 et 4 d'azur à 2 colombes affrontées d'argent sur un tertre d'or, surmontées d'une étoile de même, au 2 et 3 de gueules à un bièvre d'or.

44 — 44. Cuny Boucher : D'azur à 3 mufles de léopard d'argent, au chef d'or.

45 — **45.** Crestophe Mérigaulx : D'azur au chevron engrelé d'or accompagné de 3 têtes de panthère arrachées d'argent, mouchetées de sable et lampassées de gueules, les 2 du chef affrontées.

46 — **46.** Claude Guérin : D'azur à 2 croix potencées d'or, chappé de même à la croix potencée d'azur.

47 — **47.** Les enfants de Jean de Pullenois : D'azur à la croix recroisettée d'or, au chef d'argent chargé d'un léopard de sable.

48 — **48.** Loys Durant : Tranché de gueules et d'or à 2 léopards contrepassants de l'un en l'autre, à la fasce d'azur brochant sur le tout.

49 — **49** Jean Mengin : D'azur à la fasce d'or au griffon naissant de même en chef.

50 — **50.** Nicolas Poirot : Coupé en chef d'azur au cigne naissant et essorant d'argent, en pointe d'or à 3 pals flamboyants et retraits d'azur.

51 — **51.** Nicolas Olry : D'azur à la fasce d'argent accompagnée en chef d'un lion passant d'or et en pointe d'une quintefeuille de même percée du champ.

52 — **52.** Les enfants de Nicolas Picard : D'azur à la tête de lion arrachée d'argent, au chef de même chargé de 3 losanges de gueules.

53 — **53.** Françoys Guyard : D'azur à la fasce d'or accompagnée de 2 roses de même.

54 — **54.** Ferry Jacob : D'azur à la fasce d'or accompagnée en chef d'une licorne naissante d'argent et en pointe d'une étoile d'or.

55 — **55.** Pierre Fuzy : D'azur à la fasce engrelée d'argent accompagnée de 3 coupes couvertes d'or.

56 — **56.** Nicolas Habillon : D'or au chevron engrelé d'azur accompagné en chef de 2 lions affrontés de gueules et en pointe de 3 billettes de même.

57 — 57. Jean de VIELLIERS : D'azur à la fasce d'argent accompagnée de 3 grenades d'or, feuillées de même et ouvertes de gueules.

58 — 58. Jean BAUZART : D'or à la fasce de gueules chargée de 3 croix tréflées au pied fiché d'argent, accompagnée de 4 tourteaux d'azur, 3 en chef et 1 en pointe.

59 — 59. Claude PARIS : De vair à 3 pals d'or, au chef de gueules à 3 molettes d'or.

60 — 60. François CABOAT : De sable au sautoir gironné d'argent et de gueules de 16 pièces, chargé en cœur d'un rustre parti d'or et d'argent. (V. *Didelot*, *Forgeault* et *Godin*).

61 — 61. Jacques BORNON : De sinople au livre d'argent fermé et garni d'or.

62 — 62. Nicolas HUMBERT : D'azur à 3 étoiles d'or, au chef d'argent chargé d'une croix patée et alaisée de gueules.

63 — 63. Michiel de SAINT-PIERRE : Ecartelé en sautoir, le chef et la pointe d'azur à la tête de licorne d'argent, les flancs d'or à une molette à 8 raies de gueules.

64 — 64. Anthoine DENAY : D'azur au croissant d'argent accompagné de 3 roues d'or.

65 — 65. Nicolas, Pierre, Charles et Balthazar REGNAULD : D'argent à la bande de gueules chargée d'un levrier d'or.

66 — 66. Alexandre des BORDES : De gueules à 3 mufles de léopard d'or.

67 — 67. Didier JACQUEMIN : D'azur à 3 quinte-feuilles d'or, au chef d'argent.

68 — 68. Pierre COLLIGNON : D'azur au sautoir d'argent cantonné de 4 besans d'or.

69 — **69**. Françoys du Bois : De sinople à 2 fasces d'argent accompagnées de six glands feuillés d'or, 3 en chef, 2 en fasce et 1 en pointe.

70 — **70**. Jean Hanus : D'azur à la jumelle d'or accompagnée en chef de 2 roses d'argent et en pointe d'un mufle de léopard d'or.

71 — **71**. Les enfants de Loys Sornette : Ecartelé en sautoir, le chef et la pointe de pourpre à 2 épées d'argent garnies d'or mises en sautoir, accompagnées en chef d'un huchet et en pointe d'une étoile d'or, les flancs d'argent à 4 roses de gueules mises en croix.

72 — **72**. Françoys Barbarin : D'azur au chevron d'argent accompagné en chef de 2 pommes de pin d'or et en pointe d'un chien barbet assis de même.

73 — **73**. Melchior Henry : De gueules au bâton noueux d'or péri en bande, accompagné de 16 larmes d'argent, 8 en chef 3-3-2, et 8 en pointe 2-3-3.

74 — **74**. Michel Bouvet : Coupé en chef d'azur au lion hissant d'or, tenant une hache d'argent, et en pointe d'argent à la trappe de bœuf de gueules.

75 — **75**. Simon Fournier : Comme 135.

76 — **76**. Nicolas Le Poix : D'azur à 3 cosses de poix d'argent.

77 — **77**. Anthoine du Chasteau : D'azur au château d'argent.

78 — **78**. Jacques Maulcervel : De gueules semé de croix pommetées au pied fiché d'or, à 3 tours d'argent et une bande d'hermine brochant sur le tout.

79 — **79**. Nicolas Remy : Ecartelé en sautoir, le chef et la pointe d'or, les flancs d'azur à 2 griffons affrontés d'argent.

80 — **80**. Jean Humbert : Comme 152.

81 — 81. Florent Langlois : De gueules au chevron d'argent vidé de gueules accompagné de 3 ancres d'argent.

82 — 82. Jacques Jacquot : Comme 121.

83 — 83. Claude Baillivy : De gueules au chevron d'or accompagné en chef de 2 étoiles et en pointe d'un triangle de même.

84 — 84. Les enfants de Joseph Frische : D'azur au chef d'argent chargé d'un lion hissant de sable.

85 — 85. Olry et Jacques de Vidranges : Ecartelé au 1 et 4 d'azur à 3 cignes d'argent, au 2 et 3 tranché d'or et de gueules (1).

86 — 86. Thomas Cretenoy : Comme 192.

87 — 87. Nicolas Bourgeois : De sable au chevron renversé d'or, accompagné en chef d'un lion d'argent.

88 — 88. Dominique Jacquemin : D'or à la fasce d'azur accompagnée de 3 croisettes de gueules (2).

89 — 89. Gaspard Rouyer : Ecartelé en sautoir, le chef et la pointe d'argent à la croix patée et alaisée de gueules, les flancs d'azur au mufle de léopard d'or.

90 — 90. Didier Barthelemy : D'argent à 3 burelles d'azur surmontées d'un cerf à 12 cors hissant de gueules.

91 — 91. Clément François : De gueules au chevron d'argent accompagné en chef de 2 mufles de léopard d'or, et en pointe d'une molette de même.

---

(1) Il résulte des titres produits par Olry et Jacques de Vidranges et transcrits par Didier Richier que leur famille appartenait à la chevalerie.

(2) Les numéros 88 à 92, ont été intercalés après coup par D. Richier.

92 — 92. Jean CABOCHE : D'azur au cerf effrayé d'or au collier de gueules d'où pend une croix patée d'argent.

93 — 93. Pierre BEZANÇON : D'azur au lion d'or au chef émanché de 3 pièces d'or.

94 — 95. Jehan BLAYER de BARISCOURT : Emanché d'or et de sable de 3 pièces.

95 — 96. Thierry de VIGNOLES : De gueules au chef d'argent chargé de 3 merlettes de sable.

96 — 97. Jehan TERREL : D'azur à 2 serpents d'argent ombrés de gueules, péris en pal et entortillés, surmontés d'une colombe essorante d'argent becquée et membrée de gueules.

97 — 98. Jean LALEMANT : D'azur à 2 burelles d'or accompagnées de 6 croix tréflées au pied fiché de même, 3 en chef, 2 en fasce et 1 en pointe.

98 — 99. Dominique THABORRET : De gueules à la fasce ondoyée d'argent accompagnée de 3 têtes de lion arrachées d'or, 2 en chef et 1 en pointe.

99 — 100. Olivier ERRARD : D'azur à la fasce d'or accompagnée de 3 croix recroisettées au pied fiché d'or.

100 — 101. Claude CALLOT : D'azur à 5 étoiles d'or mises en sautoir.

101 — 104. Absalon PHILIPPE : D'argent à une boucle de sable d'où pendent 3 menottes de même mises en triangle et accompagnée en chef d'une étoile également de sable.

A Laixou. — 102 — 94. Nicolas de CORVILLE : D'azur au chevron d'or accompagné de 3 corneilles d'argent becquées et membrées de gueules et surmonté d'une étoile à 6 raies d'or.

A Maxéville. — 103 — 102. Jean de Mousson dict Mathieu : D'argent à la montagne à 5 coupeaux de sable, au chef d'azur chargé de 3 croix fleurdelysées d'or. (V. *Meusson*).

A Azelot. — 104 — 103. Claude de Mousson dict Mathieu : *Idem*.

A Sainct-Nicolas. — 105 — 105. Loys, Chrestien et Friderich Gaillard : D'or à 3 tertres de 3 coupeaux de sinople, l'écu bordé de gueules.

106 — 106. Nicolas et Jean Ferriet : D'or à la croix de sable, au franc canton de gueules chargé d'une tour d'argent.

107 — 107. Claudin Jacquot : De gueules à 3 naves d'argent.

108 — 108. Jean Canot : De sable à 3 coupes couvertes d'or.

109 — 109. Jean Bermant : D'or à l'ours de sable lampassé d'argent tenant un miroir d'argent monté de sable.

110 — 110. Nicolas Anthoine : D'or à la fasce d'azur chargée d'une trille d'argent et accompagnée de 3 tourteaux d'azur.

111 — 111. Jean Husson : D'or au chevron d'azur accompagnée de 3 hures de sanglier de sable, les 2 du chef affrontées.

112 — 112. Les enfants de Nicolas Guerrard : D'azur à la fasce d'argent accompagné de 3 têtes de lion arrachées d'or.

113 — 113. Thierion Vosgien : D'or à la bande d'azur chargée de 3 quintefeuilles d'argent et accompagnée de 2 têtes de léopard arrachées de gueules.

114 — 114. Richard Chavenel : D'azur au chevron

d'argent accompagné en pointe d'une tête de lion arrachée d'or, au chef de même chargé de 3 étoiles de gueules.

115 — 115. Jacques Loys : De gueules semé de grains de sel d'argent à l'ours en pal d'or, lampassé et accolé d'azur, enchaîné d'or.

116 — 116. Didier Olriet : D'or à 3 bandes d'azur accompagnées d'une rose de gueules au canton senestre.

117 — 117. Loys Gerard : D'azur au léopard d'argent accompagné en chef d'une devise d'or.

A Dompbasle proche Sainct-Nicolas. — 118 — 118. Bernard Masson : D'azur au chevron d'or accompagné en chef de 2 roses d'argent et en pointe d'une étoile d'or, au chef de même chargé de 3 fleurs-de-lys d'azur.

A Rosière-aux-Sallines. — 119 — 119. Jean de Valleroy : D'azur à 3 huchets d'or liés de gueules.

120 — 120. Laurent Magnien : D'azur à la fasce d'argent accompagnée de 3 cosses de pois d'or.

121 — 121. Jean Jacquot : De gueules à 3 naves d'argent accompagnées en cœur d'une croisette potencée au pied fiché de même.

122 — 122. Nicolas de Girmont dict de Rosière : D'azur à 2 lions affrontés d'or tenant une rose feuillée et tigée de même.

A Pulligny. — 123 — 123. Mengin Galland : De gueules au chevron d'argent accompagné de 3 mufles de léopard d'or.

A Bayon. — 124 — 124. Anthoine Bermant : Comme 109.

125 — 125. Charles Dardaine : Comme 257.

126 — 126. Didier PITANCE : D'argent à la fasce de gueules accompagnée de 3 croissants d'azur.

127 — 127. Richard DORMES : D'azur à la fasce d'argent chargée d'une rose de gueules et accompagnée de 3 serres d'aigle d'or.

128 — 128. Nicolas de PORT-GUICHARD : D'azur à un portail, le guichet ouvert, d'or accompagné de 3 besans de même.

129 — 129. Claude de MOLNET : D'azur au lion d'argent armé et lampassé de gueules.

130 — 130. Pierre LE CLERC : D'or à 3 mufles de lion de sable.

131 — 131. Claude WYRIOT dict de BOUZEY porte les armes de sa femme Lucie CHANAU : D'azur à la fasce d'argent chargée de 3 croix tréflées au pied fiché de gueules, accompagnée de 5 besans d'or 2 en chef et 3 en pointe.

A Sainct-Maxe près Bayon (1). — **132 — 132.** — Jean NICOLAS dict de CREUE : D'azur au lion léopardé d'or, à la bordure engrelée de même.

A Crantenoy. — **133 — 133.** Jean SAULNIER : D'azur à 2 lions affrontés d'argent à la fasce de gueules brochant sur le tout.

A Sainct-Diey. — **134 — 134.** Jacques et Gabriel de REINETTE : D'azur au buste de reine d'argent, couronné d'or.

A Raon. — **135 — 135.** Pierre FOURNIER : D'or au chevron d'azur accompagné en pointe d'un léopard de gueules.

(1) Saint-Mard.

136 — 136. Les enfants de Nicolas de DIEUZE : D'azur au croissant d'argent surmonté d'une étoile d'or. (V. *Pageot.*)

137 — 137. Les enfants de Hidou LA LANCE : De gueules à 3 licornes d'or.

A Exerailles (1). — **138 — 138.** François AULBERTIN dict de HAUDONVILLER : Comme 147.

A Lunéville. — **139 — 139.** Laurent et Jean LE NERF : D'or au sautoir engrelé d'azur chargé de 5 lionceaux d'argent, ceux de dextre contournés.

140 — 140. Humbert de FAULX : D'azur au chef parti d'or et de sable chargé de 2 lions affrontés et hissants de l'un en l'autre.

141 — 141. Nicolas LA LORRE : D'or au griffon de sable tenant un bâton noueux de gueules mis en pal.

142 — 142. Claude WILLERMIN : D'azur à la fasce ondée d'argent chargée d'un léopard de gueules et accompagnée de 3 besans d'or.

143 — 143. Paris RAOUL : D'azur au lion d'or tenant une faux d'argent.

144 — 144. Dimenche MAULCLERC : De sable à 2 fasces d'argent chargées d'une burelle de sable.

145 — 145. George MATHEST dict LE GRAND-PREVOST : Ecartelé en sautoir, le chef et la pointe de gueules à la tête de cerf d'argent, les flancs burelés d'argent et d'azur de 6 pièces.

146 — 146. Loys des FOURS : D'azur au chevron d'or vidé de gueules accompagné en chef de 2 serres d'aigle contre-onglées, issantes des cantons de l'écu et en pointe d'une étoile, le tout d'or.

(1) Azeraille.

4

147 — 147. Collin AULBERTIN dict de HAUDONVILLER : D'azur à 2 lions de gueules affrontés hissants de 2 rochers d'argent posés aux cantons de l'écu et accompagnés d'une étoile d'or en chef.

148 — 148. Barbe des CAMOUSSIER, sa mère : D'or au chevron de gueules accompagné en chef de 2 tourteaux et en pointe d'une étoile d'azur. (V. *Léger.*)

A Einville. — 149 — 149. Bernardin PELLEGRIN dict de REMICOURT : D'azur à 2 colombes affrontées d'or becquées et membrées de gueules.

150 — 150. Nicolas ROGIEU dict d'EINVILLE : De .... à la licorne de .....

151 — 151. Claude des FOURS : Comme 146.

152 — 152. Nicolas HUMBERT : D'or au chevron d'azur accompagné de 3 pattes de lion de sable, la première contournée.

153 — 153. BAUDOIRE d'EINVILLE : L'argent au perroquet de sinople becqué, membré et colleté d'or, sur une terrasse de sinople.

A Salonne. — 154 — 154. Loys FERRIET : Comme 106.

155 — 155. Jean TRIPLOT : D'azur à la fasce d'or surmontée d'une étoile de même.

156 — 156. Jean TOUPPET : D'or à la bande de gueules cotoyée de 6 billettes d'azur, 1-2 en chef, 2-1 en pointe.

157 — 157. Nicolas REGNAULT : D'azur au lion d'or au chef d'argent chargé de 3 quintefeuilles de gueules.

158 — 158. Jean LALLEMANT : D'azur à la fasce d'argent chargée de 3 étoiles d'azur et accompagnée de 3 roses d'or.

159 — 159. Aubertel Mangenot, (*Gentilhomme d'Amance*). *Sans indication d'armes.*

A Chastelsalin. — 160 — 160. Nicolas Tartvenu dict de Saulxeroitte : D'or au léopard de gueules, au chef d'azur chargé de 3 molettes d'or, l'écu bordé de sinople.

161 — 161. Jean Baudin dict de Sallonne : D'azur à la fasce alaisée d'or accompagnée de 3 macles de même.

162 — 162. Jacob et Jean Fournier : De sinople à 3 pals de gueules, à l'écusson d'or chargé d'un mufle de léopard d'azur en abîme.

163 — 163. Jean et Nicolas Caboat : De sable au sautoir gironné d'argent et de gueules de 16 pièces chargé en cœur d'un rustre d'or. (V. *Didelot, Forgeault* et *Godin.*)

164 — 164. Peltremant Peltre : D'or à la fasce d'azur chargée à dextre d'une étoile d'or et accompagnée de 3 têtes de civette de gueules.

165 — 165. Claude Wirion dict de Villacourt : Parti et d'or au lion de l'un en l'autre.

166 — 166. Jaspar et François Anthoine dicts Trilleur : Comme 110.

167 — 167. Mathieu Bernard : D'argent à une canette sans pattes de sable.

168 — 168. Balthasar Bertrand : Ecartelé en sautoir, le chef et la pointe d'or, les flancs d'argent, à la croix patée et alaisée de sable brochant sur le tout.

A Laistre-soub-Amance. — 169 — 169. Claudin Hillaire, (*Gentilhomme d'Amance*). *Sans indication d'armes.*

170 — 170. Jean et Dimenge de La Place : *Id.*

171 — 171. Andreu Hadomey : *Id.*

172 — 172. Nicolas Jacquot dict Gelée : *Id.*

173 — 179. Claude du Normand dict Prinay : De
gueules à 3 tirebouchons d'argent.

A Amance. — 174 — 173. Nicolas Jacquot, (*Gentilhomme d'Amance*). *Sans indication d'armes.*

175 — 174. Nicolas et Jacquemin Mondat dicts
Gentilhomme : *Id.*

176 — 175. — Didier Datel : D'azur à 3 tours d'argent maçonnées de sable.

177 — 176. Jean et Françoys de Mory : De gueules
au chevron d'argent accompagné de 3 sphères d'or.

A Bouxières-aux-Chaisnes. — 178 — 177. Jacques Merle dict de La Ripvière : D'azur au massacre
de cerf d'or, au chef d'argent chargé de 3 merlettes
de sable.

A Bioncourt. — 179 — 178. Albert de Baissy :
comme 282.

A Huictmont (1). — 180 — 180. Bernard La Grue :
D'or au sautoir noueux de sable accompagné en pointe
d'une hure de sanglier de même, lampassée de gueules.

A Champigneulles. — 181 — 181. Francoys
Bertin dict Loys : Parti, à dextre coupé en chef d'argent au lion de sable, en pointe d'azur au chevron
d'argent accompagné de 3 besans entaillés de même ;
à senestre de gueules à la fasce d'or accompagnée de
5 annelets d'argent 2 en chef et 3 en pointe.

A Condé (2) **et aux Vaulx-des-Faulx** (3). —

(1) Eulmont.
(2 Aujourd'hui Custines.
(3) Le Val de Faulx.

182 — 182. Jean WAULTIER : D'azur à 3 ancres géométriennes d'or.

183 — 183. Claude PERRIN : D'azur au chef d'or chargé d'un mufle de léopard de gueules.

184 — 184. Jean BARDIN : Comme 17.

185 — 185. Jacques FLORY dict de CONDÉ : Burelé d'argent et d'azur de 6 pièces, au chef de sable chargé de 3 roses d'or.

A Serrière. 186 — 186. Claude VYON : Comme 19.

187 — 187. Bastien LE GAY dict de PARIS : De sinople au levrier courant d'argent colleté de gueules.

A Preny. — 188 — 188. Mengin WARNOT : D'azur à l'ancre d'argent traversée d'or et accompagnée en chef de 2 étoiles de même.

189 — 189. Pierresson COURCOL : Comme 27.

COMTÉ DE VAUDEMONT

A Vezelise. — 190 — 190. Jean GRIGNON : D'azur à la coupe couverte d'argent accompagnée en chef de 7 losanges d'or mis en fasce.

191 — 191. Clément du GÉANT : D'or à la fasce de gueules chargée de 3 besans d'argent et accompagnée de 3 têtes de lion arrachées d'azur lampassées de gueules.

192 — 192. François CRETENOY : De pourpre à une fasce d'argent accompagnée de 3 léopards d'or.

193 — 193. François BOUVIER : D'argent au léopard de gueules, au chef d'azur chargé de 3 grenades d'or ouvertes de gueules.

194 — 194. Claudin HUYN : Ecartelé au 1 et 4 d'azur à 3 fasces ondées d'or, au 2 et 3 de sable à 6 billettes d'or 3-2-1, au chef de même. (V. *Bour-gongne*).

195 — 195. Didier Conreux : D'azur au lion d'argent tenant une croix ancrée d'or.

196 — 196. Jacques Dorléans : D'or à deux souris affrontées de sable grimpant à un pal de gueules, au chef d'argent chargé d'un lion léopardé d'azur.

197 — 197. Jean de Bourgongne : De sable à 6 billettes d'or 3-2-1, au chef de même. (V. *Huyn*).

198 — 198. Clément d'Esche : D'or à l'annille de sable cantonnée de 4 chardons au naturel mis en croix.

A. Couxey (1) (Bail. de Nancy). — **199 — 199**. Claude et François Saulget : Coupé dentelé en chef d'or à 2 merlettes de sable et en pointe de gueules à la rose d'argent.

A Colombier (2). — **200 — 200**. Mengin La Taxe : D'azur au chevron engrelé d'argent accompagné en pointe d'un lion léopardé d'or.

Bailliage de Vosges

A Mirecourt. — **201 — 201**. Geoffroy des Pilliers : De gueules à 3 piliers d'argent.

202 — 202. Henry Garnot : D'or à l'étoile à 8 raies d'azur.

203 — 203. Jean Le Noir : De sable à la fasce ondée d'argent accompagnée en chef d'une étoile d'or au canton senestre et en pointe d'un croissant d'argent au canton dextre.

(1) Coussey.
(2) Colombey.

204 — **204**. Martin RANCONNEL : D'argent au chevron de gueules accompagné en chef de 2 croissants de sable et en pointe d'un léopard de même.

205 — **205**. Eustache RODER : D'azur à la fasce d'or accompagnée en chef de 2 roses d'argent et en pointe d'un dé à jouer de même.

206 — **206**. Francoys PETIT-GOUST : D'azur à la fasce jumelée et ondée d'argent chargée d'une rose de gueules, surmontée d'un lion naissant d'or et accompagnée de 3 annelets de même.

207 — **207**. Didier FRIANT : D'or à 3 roses de gueules.

208 — **208**. Claude BEAUFORT : Comme 11.

209 — **209**. Mengeot GENNETAIRE : Comme 18.

210 — **210**. François MITAT : D'azur au chevron d'or accompagné de 3 têtes de bélier d'argent.

211 — **211**. Jacques des HALLES : Ecartelé en sautoir, le chef et la pointe d'argent au léopard lionné d'azur, les flancs d'azur au léopard d'or

212 — **212**. Didier et Nicolas PETIT-GOUST : D'azur à la fasce jumelée et ondée d'argent surmontée d'un lion naissant d'or et accompagnée de 3 annelets de même.

213 — **213**. Jehan WILLAUME dict de POURSAS : D'azur au lion léopardé d'or, à la bordure engrelée d'argent.

214 — **214**. François POIRESSON : De gueules à un crible d'argent entre 3 quintefeuilles d'or.

215 — **215**. Nicolas MICHIEL dict de RANCOURT : D'azur au chevron engrelé d'argent accompagné en chef de 2 croix ancrées d'or et en pointe d'un lion léopardé de même.

216 — **216**. Michiel LA TAXE : Comme 200.

217 — **217.** Jean des Montelz : De sable à 2 bandes ondées d'argent, la première brisée en chef d'une molette de gueules, accompagnées de 3 annelets d'or mis en pal.

218 — **218.** Nicolas du Mont : D'azur à la bande ondée d'argent chargée de 3 roses de gueules et accompagnée de 2 mufles de léopard d'or.

A Pont-sur-Madon. — **219** — **219.** Thoussainct Drowin dict d'Aultrey : De gueules à 3 fers de lance d'argent. (*A refusé de comparaître*).

220 — **221.** Simon Hierrard : D'argent à la croix florencée de gueules, au chef d'azur chargé de 3 grenades d'or ouvertes de gueules.

A Bethoncourt. — **221** — **220.** Alberic des Brielles : D'azur au chevron d'or renversé soutenant un huchet de même lié de gueules. (V. *Condey, La Tourte* et *Laurent*). (*A refusé de comparaître*).

A Vomécourt. — **222** — **222.** Collignon des Vaulx : D'azur au chevron d'argent accompagné de 3 étoiles d'or.

A Valleroys-aux-Saulces. — **223** — **223.** François Le Clerc : Comme 8.

A Ville-sur-Yllon. — **224** — **224.** Claude et Nicolas de Gosseryes : De sable à 3 mufles de léopard arrachés d'argent.

A Audon. — **225** — **225.** Geoffroy de La Guerre : D'or à 2 fasces ondées de gueules surmontées d'une tête de biche de même, à la bordure engrelée de sinople.

A Fontenoy. — **226** — **226.** François Thierry : D'azur à une fasce ondée et nébulée d'argent, accompagnée de 3 glands d'or.

227 — 227. Pierre MORLOT : D'or à 3 lions de sable au chef d'azur chargé de 3 roses d'or.

228 — 228. Thiébault MORLOT : D'azur à la fasce ondée d'or chargée d'une tête de maure de sable (1).

229 — 229. François PILLET : D'argent au chevron d'azur cantonné à senestre d'une plume de gueules et accompagné en pointe d'une tête de maure de sable tortillée d'argent.

A Remoncourt. — 230 — 230. Adam des PILLIERS : Comme 201.

A Houécourt. — 231 — 231. Anthoine ANDRIEU : D'argent au tigre d'azur moucheté de sable tenant une masse d'or.

A Chastenoy. — 232 — 232. Robert de CHASTENOY : D'azur à la croix ancrée d'argent.

233 — 233. Le fils de François SEULLAIRE dict de SALVAN : D'azur au chevron d'or sommé d'un lambel de même (2).

A Vichery. — 234 — 234. Pierre et Nicolas MÉDARD : D'or à 3 roses de gueules, au chef d'azur à 2 roses d'argent.

Au Neufchastel. — 235 — 235. François de RELANGE : D'azur au chevron d'or accompagné de 3 têtes de licorne d'argent.

236 — 236. Claude BOURCIER : D'azur au panthère d'or moucheté de sable tenant une croix ancrée d'argent.

---

(1) Les numéros 228 et 229 ont été intercalés après coup par D. Ricbier.

(2) Ces armes sont celles des SALVAN. Les SEULLAIRE portaient : *D'or à une croix recroisettée au pied fiché d'or surmontée de 3 flots de même, mis de rang.*

237 — 237. Claude Guérin : De sable au chevron d'or au chef de gueules soutenu d'argent.

238 — 238. Jean Mengenot porte les armes de Jeanne de La Brosse sa mère : D'argent à 3 têtes de loup de sable, à la bordure de gueules.

N. de La Coudre son aïeule : D'azur à 3 pommes de pin d'or.

239 — 239. Jean de Houdreville : De sinople à une étoile d'or entre 3 gerbes de même.

240 — 240. Anthoine du Pasquier : D'azur au chevron d'or accompagné en chef de 2 étoiles de même et en pointe d'un tertre à 3 coupeaux de même semé de tréfles de pourpre.

241 — 241. Martin Simonin : Ecartelé d'or, de gueules, d'azur et d'argent à la croix de sinople brochant sur le tout, accompagnée d'une étoile d'argent au canton senestre.

242 — 242. Chrestophe et Anthoine d'Aulgiez : D'azur à la fasce d'or accompagnée de 3 merlettes d'argent.

A Landaville. — 243 — 243. Jean du Haultoy. *Sans indication d'armes.*

Au Chastellet (1). **— 244 — 244.** Nicolas de Lespine. *Id.*

A Charmes. — 245 — 245. Nicolas Loys : D'azur au chevron d'argent accompagné de 3 grenades d'or ouvertes de gueules.

246 — 246. Jean Clément : D'azur à 3 têtes de licorne d'hermine.

247 — 247. Bernard Arnould : D'or au pal d'azur chargé de 3 croix florencées d'argent.

(1) Commune de Barville.

248 — **248**. François Mathieu : D'azur à 3 besans d'or, à la bordure engrelée d'or chargée de 11 tourteaux d'azur.

249 — **249**. François Boychot dict de Ramber-viller : D'argent à la bande engrelée de gueules chargée de 3 roses d'or.

250 — **250**. Thiébault et Colin Mitat : Comme 210.

251 — **251**. Balthazar Ferriet : Comme 106.

A Bruyères. — **252** — **252**. Adam du Bourg : D'argent au cerf au naturel couché sur un tertre de sinople.

253 — **253**. Adrian Sorel : D'azur au sauvage d'or tenant de la main dextre une massue d'argent et de la senestre un croissant de même.

254 — **254**. Valentin et Balthazar du Bourg : D'argent au cerf au naturel, chargé d'un croissant de gueules entre les cornes et d'une rose d'azur sur l'épaule, couché sur un tertre de sinople.

Aux Verrières de Benevise (1). — **255** — **255**. Bastien et Jacquot Finance, (*Gentilshommes verriers*). *Sans indication d'armes.*

A Chastelz-sur-Moselle. — **256** — **256**. Adrian Waultrin : D'argent à une rose de gueules, au chef d'azur.

257 — **258**. Jean et François Dardaine : Ecartelé en sautoir, le chef et la pointe d'argent à une merlette de gueules, les flancs de gueules à une molette d'argent.

258 — **259**. Claude Cogney : D'azur à la fasce d'or accompagnée de 3 macles d'argent.

(1) Commune de Saint-Nabord.

259 — 260. George du Ruz : Ondé d'azur et d'argent de 6 pièces, au chef d'or chargé d'une belette de sable.

260 — 261. Jean PITANCE : Comme 126.

261 — 262. Pierre, Claude, Balthazar et Dimenche de LA MOTHE dicts de THUMERY : D'azur à la croix d'argent cantonnée de 4 tulipes d'or.

A Hadigny. — 262 — 257. Humbert des PILLIERS : Comme 201.

A Espinal. — 263 — 263. François et Aulbertin HURAULT : De gueules à l'écusson d'or, au chef danché d'or et d'azur de 4 pièces.

A Remieremont. — 264 — 264. Nicolas de FONTAINE : De sable à la bande d'argent accompagnée de 2 cottices de même.

265 — 265. Chrestophe et Nicolas de RAMFAIN : D'or à la fasce d'azur chargée d'un trait d'or et d'une rose d'argent, accompagnée en chef d'un léopard de gueules.

Bailliage d'Allemaigne

A Dieuze. — 266 — 266. Les enfants de François de THEUILLY. *Sans indication d'armes.*

267 — 267. Didier XABOUREL : D'argent au chef d'azur chargé de 3 besans d'or.

268 — 268. Didier BERTRAND : Comme 168.

269 — 269. Estienne TOUPPET : Comme 156.

270 — 270. Pierre GUILLAUME : Ecartelé en sautoir, le chef et la pointe d'or à la croix patée et alaisée d'azur, les flancs d'azur à la croix patée et alaisée d'or.

271 — 271. Hans SPORN : Ecartelé au 1 et 4 d'azur

à la croix patée et alaisée d'argent cantonnée de 4 besans de même, au 2 et 3 d'or au lion de pourpre.

272 — 272. Claude Raoulin : D'azur à la fasce d'or accompagnée de 12 otelles d'argent vidés de gueules, appointés par 4.

273 — 273. Claude Hinchelot : D'argent à 3 corbins au naturel ailés d'azur 1-2, au franc-quartier d'azur chargé d'une ramure d'or.

274 — 274. — Didier de Borville. *Sans indication d'armes.*

275 — 275. Jean Gerardot. *Id.*

A Sierques. — 276 — 276. Philippe et Ferdinand Bruno dicts de Nidbruch : D'argent à 2 fasces de gueules accompagnées en chef de 5 croissants de même mis en cercle.

277 — 277. Adam Schmidberg : D'azur à 3 fasces ondées d'or accompagnées en chef d'un besan entre 2 roses de même.

278 — 278. Jacques de Ville-sur-Yrron : D'or à 3 fasces d'azur, à la bande d'argent chargée d'un cœur de gueules entre 2 roses de même.

279 — 279. Alexandre Musset : Tranché en chef de sable à l'aigle d'or et en pointe de gueules plein.

A Boulay. — 280 — 280. N. Le Saulvaige : D'azur à une trompe d'or accompagnée en chef d'un fer de lance d'argent mis en barre la pointe basse, au chef d'or.

281 — 281. Edouard et Philippe Bruno dicts de Nidbruch : Comme 276.

282 — 282. Jacob de Baissy : De gueules à la fasce d'argent accompagnée en chef d'un levrier courant d'or, colleté d'argent.

A Faulquemont. — 283 — 283. Philippe de Neuss:

De..... à une selle de....., accompagnée de 2 étoiles de....., 1 en chef et 1 en pointe.

A **Waldreffranges** (1). **284 — 284.** Jean de BAISSY : Comme 282.

285 — 285. Jean BOCHENHEIMER : D'argent au chevron d'azur vidé d'argent et accompagné de 3 quintefeuilles de gueules.

COMPARANTS N'AYANT PAS FAIT LEURS PREUVES ET DONT LES ARMES NE SONT PAS MENTIONNÉES.

Bailliage de Nancy.

A Nancy. — 286. Anthoine de LA BAULME.

287. Jean LE POYVRE.

288. Thiébault CHEVALIER.

289. Jean et Gaspard VALLÉE.

290. Jean des CHAMPS.

291. Rémon LUTTON.

292. Didier GRAND-MENGET dict GROSNEZ.

A Sainct-Phelin près Sainct-Nicolas. — 293. Pierre NOTARI dict de SAINCT-PHELIN.

294. Claude de MARVILLE.

A Rosière-aux-Salines. — 295. Claude Gô.

A Sainctrey. — 296. Gabriel de FORSAN.

A Thonnoy. — 297. Pierre PESCHART.

A Einville. — 298. Jean PIOCHE.

A Serrière. — 299. Claude de PONT dict de SAINCT-MORY.

300. Jean de LA BAULME.

(1) Vaudrevange.

301. — David BERTAIN.

302. — Nicolas de SAINCT-MORY.

COMTÉ DE VAUDEMONT.

A Vezelize. — 303. Nicolas CLÉMENT.
304. Jacques BALLOT.

Bailliage de Vosges.

Au Neufchastel. — 305. Nicolas PROST.

DUCHÉ DE BAR.

Bailliage de Sainct-Mihiel.

MARQUISAT DU PONT AMOUSSON

Au Pont-à-Mousson. — 1 — 1. Philippe de PILLART dict de NEFVE : 1° PILLART dict de NEFVE : D'azur à la croix d'argent cantonnée au 1 et 4 d'une étoile d'or soutenue d'un croissant d'argent, au 2 et 3 d'une quintefeuille de même ; 2° GOUCY (GORCEY, GOUXY ou GOURCY) : D'argent à 3 fasces de gueules accompagnées de 6 hermines de sable 3-2-1 entre les fasces, au chef de gueules chargé de 3 annelets d'or. (V. *Neufville*) ; 3° FAILLY : D'argent à une tige de 5 feuilles de gueules, à la bordure engrelée de sable ; 4° NOIRGOULLE alias BATTILLY : D'argent à 3 hures de sanglier de sable.

b. Royne de BEUBANGE, sa seconde femme : 1° BUBANGE : D'argent à un Z de sable à la bordure engrelée de même ; 2° NUMAGEN : .... ; 3° MARCY : D'or à la croix d'azur ; 4° .... ; 5° Branchet : De gueules à 3 Z d'argent ; 6° Volclzinge : D'argent à la fasce d'or accompagnée en chef de 3 frettes de gueules ; 7° Setteren : D'or à un Z de gueules ; 8° Harange : D'or au lion d'azur armé, couronné et lampassé de gueules.

2 — 2. Nicolas Le Febvre : D'azur au massacre de cerf d'or entre 3 croisettes fleuronnées au pied fiché d'argent.

3 — 5. Jean Mauljean : D'azur à une fasce d'argent accompagnée en chef de 2 roses de même.

4 — 6. Joachin Bauldouyn : D'azur au chevron d'argent chargé de 3 tourteaux de gueules et accompagné de 3 têtes de lion arrachées d'or.

b. Marguerite Lescuyer, sa femme : D'azur à 3 chevrons d'argent accompagnés en chef de 2 croissants de même.

5 — 7. Symon de La Grange : D'argent à 2 ramures de sable, au chef d'azur à 3 quintefeuilles d'argent boutonnées d'or.

6 — 8. Claude des Viviers. Sans indication d'armes.

7 — 9. Henri Dodot : Id.

8 — 10. Didier des Bœufs : D'azur à 3 bœufs d'or.

b. Marie Collesson, sa femme : De gueules à la bande d'argent chargée de 3 sautoirs d'azur.

9 — 11. Pierre de Berry : D'azur à la fasce d'or accompagnée en chef de 2 croisettes d'argent et en pointe d'un bélier de même.

10 — 12. Nicolas Regnault : Comme Lor., 65.

11 — 13. Guillaume de Berclay : D'azur au chevron d'argent accompagné de 3 croix ancrées de même.

b. Anne de Mallaviller, sa femme : D'azur à la

croix ancrée d'argent, cantonnée de 4 besans et chargée en cœur d'une rose de même.

12 — 14. Didier AULBERT : De sable au chevron d'argent accompagné en pointe d'un casque de même, au chef d'or.

13 — 16. François du SART dict de VIGNEULLES : 1° Du SART : D'argent à 5 annelets de gueules 2-2-1 ; 2° Des HAULT de SANCY : D'azur à 3 membres de lion d'or l'un sur l'autre ; 3° VERRIÈRE : D'argent au chef de gueules chargé de 3 annelets d'or ; 4° CHERIZI : D'azur au chef d'or chargé d'un lion naissant de gueules ; 5° BARRISY : De gueules au chef d'argent chargé de 3 têtes de Maure de sable ; 6° LA TOUR-EN-WAIVRE : De gueules à 5 lions léopardés d'or l'un sur l'autre ; 7° MESNIL-LA-TOUR : De sable à 3 roses d'argent, au chef d'or chargé de 2 roses de gueules.

14 — 17. N. de MIRCOURT : 1° MIRCOURT : De sable semé de creusets (chataignes ou goblets de glands ?) d'or ; 2° NUSEMENT : D'azur au lion couronné d'or ; 3° SOMMIEVRE : D'azur à 2 têtes de cerf d'or l'une sur l'autre ; 4° NANTEIULLE : D'azur à 3 manches d'or.

15 — 18. François et Nicolas DORGAIN : 1° DORGAIN : Parti à dextre d'azur au lézard d'or, à senestre d'azur à la demi-croix d'or cantonnée en chef d'une étoile et en pointe d'un lézard, le tout d'or ; 2° SCANNEVEL : D'argent à 6 roses de gueules 3-2-1, surmontées d'un lambel d'azur et accompagnées en cœur d'une étoile d'or ; 3° BRODIER : Parti à dextre de gueules à un besan et un demi-besan d'or, à senestre d'azur à un membre et un demi-membre de lion d'or hissant des flancs de l'écu ; 4° ORGOY : D'or à l'aigle de gueules armée et becquée d'azur.

16 — 274. Chrestophe Henriet dict de La Vallée porte les armes de sa tris-aïeule Marguerite de La Vallée : D'argent à 5 annelets de sable en sautoir, cantonnés de 4 hermines de même en croix. (V. *Champlomb, Gillet, La Barre* et *Pacquier*).

A La Cane-devant-le Pont-Amousson. — 17 — 3. Didier de Preny : 1° Preny : D'argent à la croix de gueules cantonnée de 12 hermines de sable 1-2 aux cantons 1 et 2, 2-1 aux cantons 3 et 4 ; 2° Dorgain : Parti à dextre d'azur au lézard d'argent, à senestre d'azur à la demi-croix d'or cantonnée en chef d'argent à une étoile d'or contrepointée de gueules et en pointe d'un lézard d'argent ; 3° Vigneulles : Comme 13 ; 4° Nefves : Comme 1 ; 5° La Tour : De sable à la fasce d'argent accompagnée de 3 membres de lion d'or, 2 en chef issant des cantons, 1 en pointe hissant de celle-ci ; 6° Nefves : Comme 1 ; 7° Barrisey : Comme 13 (5°) ; 8° Gouscy : Comme 1 (2°).

A Ethon (1). **— 18 — 4.** François de Preny : Comme 17.

A Madières-proche-du-Pont. — 19 — 15. Gueury Le Montigny alias Montignon : 1° Le Montignon : D'azur à 3 bandes d'argent accompagnées de 3 étoiles d'or mises en bande entre les 2 premières ; 2° Larin : D'azur au lion d'argent au sautoir de même brochant sur lui ; 3° La Drach alias Lescuier : D'azur à 3 croissants d'argent.

PRÉVOSTÉ DE LA CHAUSSÉE.

A La Chaussée. — 20 — 19. Humbert de Dieulx : D'azur à la croix d'argent chargée en cœur d'une étoile de sable.

(1) Atton.

b. Nicolle de MALLAVILLER, sa femme : Comme 11 *b*.

20 *bis*. — **25**. Les enfants de Pierre de PORCHIEZ dict de POUILLY : D'argent à 3 annelets de gueules 1-2, au canton de gueules chargé de 3 billettes d'argent. (*V. Beaumont*).

b. Jeanne de LA COURT, leur bisaïeule : D'azur au besan d'or chargé d'un écusson de gueules.

c. Françoise de VITRY, leur tris-aïeule : D'azur à la bande d'or chargée de 3 roses de gueules et accompagnée de 7 billettes de même, 4 en chef et 3 en pointe.

21 — **26**. Geoffroy de JORNAY : 1° JOURNAY : D'azur à 3 cygnes d'argent becqués et membrés d'or à l'étoile de même en cœur ; 2° JOAN : D'argent au chevron de gueules accompagné de 3 perroquets de sinople ; 3° FRONTENAY (ou FONTENOY) : De gueules à 3 besans d'or ; 4° JORDAN : D'argent à 3 corbins de sable, au chef de même chargé d'une tour d'argent.

A Rampont. 22 — **20**. Jacques GALLOIS dict de NAYVE : Parti de sable et d'argent à l'anneau chargé de 4 roses de l'un en l'autre.

A Villers-aux-Vents. — 23 — **21**. Jean GALLOIS : Comme 22.

A Hadonville-lez-La Chaussée. — 24 — **22**. George GALLOIS : Comme 22.

b. Margueritte MILLET, leur mère : D'azur au chevron d'argent accompagné de 3 grenades feuillées d'or.

25 — **23**. François de GOUCY : 1° GOURCY : Comme 1 (2°) ; 2° BAR : De gueules semé de croisettes pommettées au pied fiché d'or, à la bande de même vidée d'azur chargée de 2 lions d'or et d'un canton de gueules chargé d'un cœur d'argent couronné d'or ; 3° FAILLY : Comme 1 (3°) ; 4° AVARDIS : D'azur à 2 léopards d'argent l'un sur l'autre.

b. Catherine CHAMPENOIS, sa femme : Comme *Lor.*, 5.

c. Magdelaine de GIRCOURT, sa belle-mère : De gueules semé de croisettes pommettées au pied fiché d'or, au lion de même, un chevron d'azur chargé de 3 têtes de cerf d'or brochant sur le tont. (V. *Champenois*).

26 — 27. Hans SCHOT : D'azur au levrier d'argent colleté de gueules et surmonté d'une sphère d'or.

A Pennes (1). — 27 — 24. Pierron LE WAILLON : De gueules semé de croisettes pommettées au pied fiché d'or à 2 lions affrontés de même. (V. *Bardelot*).

PRÉVOSTÉ DE CONFLANS-EN-JARNISY.

A Porchier (2). — 28 — 28. Blaise et Errard de BEAUMONT : Comme 20 *bis*.

29 — 29. — Gerard de MOLNET : De gueules à la roue d'or accompagnée en chef, à dextre d'une rose d'argent, à senestre d'une fleur de lis d'or.

A Jarny. — 30 — 30. Pierre GERARD dict du COURT : D'azur à 3 coquilles d'argent accompagnées en cœur d'une étoile de même.

A Doncourt. — 31 -- 31. Anthoine et Jean COLLIGNON : D'azur au chevron d'or accompagné en chef de 2 trèfles arrachés de même et en pointe d'une rose d'argent.

32 — 35. Nicolle CLÉMENT : D'azur à 2 roses d'argent mises en fasce accompagnées en chef d'un lambel de même et en pointe d'un croissant d'or sommé d'une étoile de même.

(1) Pannes.
(2) Commune de Brainville-en-Woëvre.

A Giraumont. — 33 — 32. Jean Collignon :
Comme 31.

34 — 38. — François La Varande. *Sans indication
d'armes.*

A La Grange-proche-de-Ville-sur-Yrron. —
35 — 33. Jean de La Court : 1° La Court : D'argent à
la fleur de lis de gueules accostée à dextre d'une étoile
d'azur, à senestre d'un croissant de même, et accompagnée en chef d'un lambel de gueules. (V. *Jacquemin
et Le Gouverneur*) ; 2° Villers-en-Heye : D'azur au chevron d'or accompagné de 3 losanges de même ; 3° Bar :
Comme 25 (2°) ; 4° La Court : D'argent à la fleur de lis
de gueules accostée à dextre d'une étoile d'azur et
accompagnée en chef d'un lambel de gueules. (V.
Jacquemin et *Le Gouverneur*) ; 5° Gouscy : Comme 1
(2°) ; 6° Aubannes : Tranché d'argent et de sable à la
bande nuagée de l'un en l'autre ; 7° Daverdis : Comme
25 (4°) ; 8° Meusson. *Sans indication d'armes.* (V.
Mousson).

A Ville-sur-Yrron. — 36 — 34. Nicolas de La
Court : Comme 35.

b. Philippe d'Orgain sa mère : Comme 15.

37 — 37. Berthraud de Bar : Comme 25 (2°).

A Molnet (1). — 38 — 38. — Jean de Sin :
Comme 141.

A Conflans. — 39 — 39. Chrestophe Pacquier dict
de La Vallée. *Sans indication d'armes.*

A Sainct-Maxe (2). — 40 — 40. Jean Le Labriet :
Ecartelé en sautoir, le chef et la pointe d'or à la croix

---

(1) Peut-être Moulinelle, commune de Jarny.
(2) Saint-Marcel.

patée et alaisée de sable, les flancs d'azur à la tête de lion d'or languée d'argent, au croissant de même en cœur brochant sur le tout.

A Estain. — 41 — 41. François CONSTANT : 1º CONSTANT : D'azur au chef d'argent chargé d'un bouc naissant de sable ; 2º SAINCT-BELIN : D'azur au bélier d'argent chargé d'une croix de Lorraine d'or entre les cornes ; 3º BERNARD : Parti à dextre d'or à 2 bandes de gueules, à senestre de gueules au sauvage d'argent ; 4º FILLIERS : De gueules à l'étoile d'or au chef pointillé de même surnuagé et cannelé d'argent; 5º GODET : D'azur au chevron d'argent accompagné de 3 pommes de pin d'or ; 6º .... : D'azur au chevron d'or accompagné en chef de 2 pieds de porc, le 1er contourné, et en pointe d'un besan, le tout d'or.

42 — 42. George de SERVAL : D'argent au cerf ailé de gueules sommé de 3 étoiles de même mises de rang.

43 — 43. François et Jean de BELCHAMPS : D'azur au pal componé d'argent et de gueules de 6 pièces.

44 — 44. Jean de DONCOURT. *Sans indication d'armes.*

A Pouru. — 45 — 45. Philippe de LA RÉAUTÉ : De sable à 3 épées hautes d'argent.

A Maizerey. — 46 — 46. Collin FLORENT alias HAINZELIN : D'argent à 5 annelets d'azur mis en sautoir et accompagnés en chef d'une étoile d'or. (V. *Hainzelin, Le Gombaul, Marcheville et Robert*).

47 — 56. Claudin et Robert ROBERT : D'argent à

5 annelets d'azur 2-2-1 accompagnés en chef d'une étoile d'or. (*Id.*)

48 — 47. Mengin Le Gonbault : Comme 46 (*Id.*).

49 — 48. Chrestophe Jacquemin : D'argent à une fleur de lis de gueules accostée à dextre d'une étoile d'azur, à senestre d'un croissant renversé de même, et accompagnée en chef d'un lambel de gueules. (V. *La Court* et *Le Gouverneur*).

50 — 49. Gueury et Cunin Hainzelin : Comme 46.

A Chastillon-soubz-les-Costes. — **51 — 50.** Jean, Bastien et Noël Geoffroy : D'azur au lion d'or surmonté de 3 glands feuillés de même mis de rang.

52 — 51. Humbert Clerette : De sable à la croix d'argent cantonnée au 1, 3 et 4 d'un annelet de même, au 2 d'une étoile à 6 raies d'or.

53 — 55. Jean Michault : D'argent à la fasce de gueules chargée d'un pal d'or et accompagnée de 2 merlettes de sable, une en chef et une en pointe.

b. Claude de Cousance, sa femme : De gueules à la fasce d'argent accompagnée en chef de 3 annelets de même mis de rang et en pointe d'une étoile d'or.

A Sainct-Morize. — **54 — 52.** Robert du Mont : De gueules au chef d'argent chargé de 2 coquilles de sable. (V. *Le Braconnier*).

b. Pierronne Parny, sa mère : D'azur au pal d'or chargé de 3 mufles de léopard de gueules.

A Belchamps. — **55 — 53.** Jean de Momédy : Ecartelé au 1 et 4 d'azur à 3 gerbes d'or, au 2 et 3 d'argent à 3 merlettes de sable.

56 — 54. Gerard de Blanzey : D'azur à la croix d'or vidée de gueules cantonnée de 4 annelets d'or. (V. *Grosett*, *Le Masson* et *Villermet*).

A Guxainville. — **57** — **57**. Robert La Lance :
D'azur à 3 annelets d'argent.

b. Les enfants de Robert des Anchelins, ses pupilles :
D'or à 3 pals alaisés au pied fiché de sable.

A Pareys-en-Waivre (1). — **58** — **58**. Jacquemin
Lescuyer : Parti de gueules et de sable à 5 chevrons
renversés de l'un en l'autre et 3 besans d'or en pal
brochant sur le tout.

59 — **59**. Philippe Ranconnel : Comme *Lor.*, 204.

b. Claude Lescuyer, sa femme : Comme 58.

60　**60**. Hue de Strespigny : De gueules à la
bande d'argent vidée de sable et chargée de 3 coquilles
d'or.

b. Mariette Lescuyer, sa femme : Comme 58.

A Villers-en-Waivre (2). — **61** — **61**. Henry de
Moncel : 1° Moncel : De gueules à 5 annelets d'argent
en sautoir ; 2° Sampigny : D'azur au chef d'argent, au
chevron de gueules brochant sur le tout ; 3° Xonot :
De gueules à la tour d'or ; 4° Villers-en-Waivre :
D'argent à 3 hermines de sable.

A Marainville. — **62** — **62**. François d'Olley :
Ecartelé au 1 et 4 d'azur à la tour d'or, au 2 et 3 d'azur
à 3 membres de lion, les 2 premiers hissant des flancs
de l'écu.

PRÉVOSTÉ DE NOUROY-LE-SEC.

A Amermont (3). — **63** — **63**. Chrestofle des
Ancherins dict de Boulligny. (*Sans indication d'armes*).

---

(1) Pareid.
(2) Aujourd'hui Villers-sous-Pareid.
(3) Commune de Bouligny.

A **Dompmarie** (1). — **64** — **64**. Pierre de LA BUXIÈRE : De sable à 3 roses d'argent.

A **Nouroy-le-Secq**. — **65** — **65**. Perrin BERTRAND : D'azur à 2 étoiles d'or mises en fasce, surmontées d'un lambel d'argent et soutenues d'une rose de même.

b. Julienne des WISSENICH, sa femme : De gueules à la fasce d'argent accompagnée de 3 besans de même.

PRÉVOSTÉ DE BRIEY.

A **Meraulmont-ez-Paroches-lez-Briey** (2). — **66** — **66**. Mengin MUSSOT, (*Francquignon*). *Sans indication d'armes.*

A **Moyeuvre**. - **67** — **67**. Martin LE GENTILHOMME : *Id.*

68 — **68**. Jean PIERRON : Ecartelé en sautoir, le chef et la pointe d'or à la rose de gueules, les flancs de gueules au mufle de léopard d'or.

A **Amblemont** (3). — **69** — **68**. Jean BLOISE : D'azur à 2 clés d'argent en sautoir.

A **Roncourt**. — **70** — **69**. Ferry CAILLOU : D'azur à la bande d'argent cotoyée de 4 roses d'or.

71 — **73**. Jean COLLIGNON : Comme 31.

A **Roselange**. — **72** — **70**. Jean LE MAIRE dict de BLANZEY : De gueules à la croix d'argent cantonnée de 4 pattes de lion de même, les 1 et 3 contournées.

73 — **71**. Gerard d'AULMERMONT, (*Francquignon*). *Sans indication d'armes.*

---

(1) Commune de Domremy-la-Canne.
(2) Commune de Genaville.
(3) Commune de Mouaville.

A Rombay (1). — **74** — **72**. Hais (ou Rais) de LA MINE : De gueules à la bande d'hermine.

75 — **83**. Nicolas GUILLEMIN dict de ROMBAY : D'azur à 3 fers de lance abaissés d'argent accompagnés d'une étoile d'or en abîme.

76 — **89**. Nicolas FOURAY : D'azur à la ramure de cerf d'or et une étoile de même posée en cœur.

A **Nouroy-devant-Metz** (2). — **77** — **74**. François LE BRACONNIER : D'azur à la fasce d'argent accompagnée en chef de 2 étoiles d'or et en pointe d'un huchet de même.

b. Bietrix du MONT, sa mère : Comme 54.

A **Penny-ez-Parroches-devant-Briey** (3). — **78** — **75**. François COLLINET de LA MALMAISON : D'azur au pélican d'argent ensanglanté de gueules.

79 — **76**. François de CIRCOURT : Parti : à dextre, coupé en chef de gueules au canton d'argent chargé d'une tête de chèvre de sable, en pointe pallé d'argent et de gueules de 6 pièces ; à senestre, d'argent à un rosier au naturel chargé de 2 roses et surmonté d'un oiseau de sable. (V. *Jennson*).

80 — **77**. François COLLART de HAICTRIZE : D'azur au chef d'or chargé de 2 lions affrontés et hissants de sable tenant une croix patée de gueules.

A **Lavaulx-près-Villers-les-Tiquegneulx.** — **81** — **78**. François du MONT : Comme 54.

A **Sainct-Morize.** — **82** — **79**. Robert du MONT : *Id.*

(1) Rombas.
(2) Aujourd'hui Norroy-le-Veneur.
(3) Commune de Genaville.

A La Barre-lez-Saincte-Marie-au-Champs (1). —
83 — 80. Abraham du Mont : *Id.*

A Briey. — 84 — 81. François du Mont : *Id.*

b. Pieronne Parny, leur mère : Comme 54 *b.*

85 — 82. Genon Gervaise : D'or à la bande d'azur
chargée de 3 roses d'argent. (V. *Maras*).

86 — 85. Symon François : D'azur à la bande d'argent chargée de 3 éperviers essorants de sable.

A Fléville. — 87 — 86. Gille Le Gouverneur :
D'argent à une fleur de lis de gueules surmontée d'un
lambel de même. (V. *La Court et Jacquemin*).

A Joudreville. — 89 — 88. Jean des Collesson :
Ecartelé au 1 et 4 d'azur à 3 lionceaux d'or, au 2 et 3
de gueules au cygne essorant d'argent. (V. *Caillart,
Durand, Gruyer et Remy*).

A Mussot (2). **— 90 — 90.** Robert de Blaville :
D'argent au sautoir de gueules cantonné de 4 merlettes
de sable.

A......... — 91 — 91. Martin Le Canaire, *(Francquignon* (?)). *Sans indication d'armes.*

A Betainviller. — 92 — 92. Jehan de Betainviller :
De gueules à la bande d'argent accompagnée en chef
d'une rose de même.

PRÉVOSTÉ DE SANCY.

A Sancy. — 93 — 93. Jean de La Haulze : Coupé
en chef de gueules à une fleur de lis d'or et en pointe
d'argent à 2 étoiles d'azur.

---

(1) Probablement Sainte-Marie-aux-Chênes.
(2) Commune de Génaville.

b. Jeanne du Mouton, sa femme : D'azur à la fasce d'or chargée de 3 trèfles de gueules et accompagnée de 5 besans d'argent, 2 en chef et 3 en pointe.

94 — 94. Anthoine et Jean de Hault : Comme 13 (2°).

b. Jacquemette de Beufviller, leur mère : D'azur à 3 roses d'or, au franc quartier de gueules chargé d'une rose d'or.

95 — 96. Hans Jacob Romur : D'azur à un croissant montant et figuré d'or surmonté de 6 besans de même 3-3.

b. Jeannette Ceclrin (?), sa mère : D'argent au lion de gueules tenant un cimeterre d'argent garni d'or.

96 — 97. Didier de Wissenich : Comme 65 *b.*

97 — 98. François de Serainchamps : 1° Serainchamps : D'argent à la bande de gueules chargée de 3 œillets d'or : 2° Astenoy : D'argent à la fasce d'azur accompagnée en chef de 3 merlettes de sable mises de rang ; 3° Bethainviller : Comme 92 ; 4° Du Mouton : Comme 93 *b.* ; 5° Verton : D'argent à la fasce d'azur chargée de 3 roses d'argent.

A Bassompierre (1). — 98 — 95. Pierre de Hault : Comme 13 (2°).

A Anoult. 99 — 99. Gerard Le Braconnier porte les armes de sa mère Bietrix du Mont : Comme 54.

100 — 100. Jean Lornet dict Niclos : D'azur à 3 ceinturons d'or.

101 — 101. Hannezelle Merklin de Trorebach : D'azur à la fasce d'argent accompagnée de 3 corbins de même becqués et membrés de gueules.

(1) Commune de Boulange.

A Tucquegneul (1). — **102 — 102.** Dominique MARAS porte les armes de sa mère Jeanne GERVAISE : Comme 85.

PRÉVOSTÉ DE LONWY.

A Lonwy. 103 — 103. George de DESBERNARD : 1° DESBERNARD : De gueules au lion d'or, au chevron d'argent chargé à dextre d'une branche de sinople et à senestre de 3 roses de gueules brochant sur le tout (V. *Bras* et *Richard*) ; 2° MANTEVILLE : D'argent à la tour de gueules ; 3° CHEVALOT-EN-ARDENNE : D'argent au corbin de sable, au chef de gueules chargé de 3 annelets d'or ; 4° FLEURY : Comme 165.

b. Lize de MAILLY-EN-ARDENNE, sa femme : D'or à 3 lionceaux de gueules couronnés et lampassés d'azur.

c. Agnès d'OURCHE, sa belle-mère : D'argent au lion de sable, armé, lampassé et couronné de gueules.

104 — 104. Le fils de Jean de WARENNES : D'azur au chevron d'argent vidé d'azur et accompagné de 3 mufles de léopard d'or.

105 — 105. Pierre et Guillaume DETH : De gueules à 3 pals d'argent, au chef d'azur chargé de 2 étoiles d'or.

b. Jeanne d'ABONCOURT, leur mère : D'or à 2 tours d'azur, la première au canton senestre et la seconde en pointe, au franc-quartier gironné d'argent et de gueules de 12 pièces.

106 — 117. Clément JACQUOT de BEURY dict d'AIX : De sable au léopard d'argent.

b. N. . . . . . . : De gueules à 3 chevrons d'or, au chef

(1) Tucquegnieux.

d'azur chargé d'un levrier d'argent colleté de gueules. (V. *Preud'homme*).

A Rodanges (1). — **107** — **106**. Jean KANSHAIRE : D'azur à la croix d'or cantonnée au 1 et 4 de 10 losanges d'argent 1-3-3-3 ; au 2 de 5 merlettes de même 2-1-2, la seconde accostée à dextre d'un croissant de même ; au 3 d'argent au lambel de gueules en chef.

A Morfontaine. — **108** — **107**. Pierre des CHAMPS : Parti : à dextre reparti de gueules à 3 tours d'or, à senestre de gueules à 3 annelets d'or ; à senestre d'argent à l'aigle à 2 têtes de sable, au canton senestre de sable chargé de 3 coquilles d'argent.

A Viller-la-Chièvre. — **109** — **108**. Pierre JENSSON dict de CIRCOURT : Comme 79.

110 –- **109**. — Jean de GOUDAINCOURT : Parti : à dextre d'argent à la demi-croix de gueules cantonnée en chef de 3 étoiles de sable et en pointe d'une tête de chèvre ; à senestre d'argent à 3 hermines de sable mises en pal.

A Heumont (2). — **111** — **110**. Jean et Arnould de HEUMONT : D'argent à 3 chevrons de gueules accompagnés en chef d'une rose de même au canton dextre.

112 — **114**. Jean du HAULTOY : D'argent au lion de gueules couronné, armé et lampassé d'or, la queue fourchée.

b. NOLIONPONT : D'azur au chevron d'argent accompagné de 3 glands d'or.

A Rehon. — **113** — **111**. Jean DARIMONT : D'azur à une annille d'argent accompagnée de 4 étoiles d'or mises en croix.

---

(1) Redange.
(2) Reumont, commune de Rehon.

114 — 115. Pierre de Nolionpont dict de Heu-mont : Comme 112 *b*.

115 — 116. Gille de Blanchy : D'argent au sautoir de sinople accosté de 2 lions de sable, le premier con-tourné, à une lance de gueules garnie d'argent mise en pal et brochant sur le tout.

A Romain (1). **— 116 — 112.** Perrin de Bosval : D'azur à la fasce d'or accompagnée de 4 annelets de même, 3 en chef mis de rang et 1 en pointe.

A Ronville. 117 — 113. Jean du Hayon : De ..... à un H de ..... accompagné de 4 étoiles de ..... 1 en chef et 3 en pointe mises de rang.

A Bouligny. — 118 — 118. Les enfants de Cles de Boncourt : D'azur à la voile d'or.

119 — 202. Robert des Anchelins dict de Bouli-gny : Comme 57 *b*.

b. Marie Laudinot, sa femme. *Sans indication d'armes.*

A Soxey (2). **— 120 — 119.** Perrin et Hans Philippe Bernard : 1° Bernard : Comme 41 ; 2° Filliers : Comme 41 (4°) ; 3° Gorcy : D'argent à 9 her-mines de sable 4-3-2, au chef de gueules chargé de 3 annelets d'or. (V. *Neufville*) ; 4° Housse : D'argent au chef échiqueté d'or et d'azur de 2 traits.

PRÉVOSTÉ DE LONGUYON.

A Longuyon. — 121 — 120. Richier Boucart : D'azur à 3 annelets d'or accompagnés en cœur d'un héron d'argent.

(1) Commune de Cosnes.
(2) Commune de Cosnes.

b. Pasquette (Richier dicte) de Froméréville, sa mère, porte de Wandelaincourt : D'azur à la bande componée d'or et de gueules de 6 pièces, à l'aigle au vol abaissé d'argent brochant sur le tout. (V. *Chappé, Gabbez, Gallavaulx, Geoffroy de Saint-Remy, Gillet, Grand-jean, Grandpierre, Jacquinez, Jantin, Lambinet, Le Mareschal, Petit-Colin, Saillet, Toussaint* et *Wande-laincourt*).

121 *bis* — 127. Jean Mauljean dict de Margueil : Coupé de gueules et d'argent.

b. Jeanne Dassenoy, sa mère : Coupé en chef d'argent à 3 cannettes de sable mises de rang, en pointe de gueules au croissant d'argent, à la fasce de sinople brochant sur le tout.

A Gorcey. — 122 - 121. Perrin, Nicolas et Jean de Gorcey : 1° Gorcey : Comme 1 (2°) ; 2° Dastenoy : De gueules à la fasce d'argent accompagnée en chef de 2 cannettes de sable becquées et membrées d'argent. 3° Housse : Comme 120 (4°) ; 4° Espinal : D'azur à 4 chevrons d'or, au chef écimant le premier échiqueté d'argent et de gueules de 2 traits ; 5° Studinam : De gueules à la croix engrelée d'or ; 6° La Preisle : D'argent à 2 roses de gueules mises en barre, au franc canton d'argent à 3 bandes d'azur ; 7° Montoy : Pallé d'or et d'azur de 6 pièces ; 8° Malberg : Ecartelé au 1 et 4 d'argent à l'écusson de gueules, au 2 et 3 de gueules à la croix ancrée d'or.

123 — 122. Henry de Lucy : 1° Luzy : D'azur à la fasce d'argent surmontée d'une couronne d'or ; 2° Mouzay : D'argent à 2 bandes d'azur, au canton senestre de sable à 2 annelets d'or mis en fasce ; 3° Wampach : De gueules à 2 chevrons d'or accompagnés de 2 étoiles

à 8 raies de même, une en cœur et l'autre en pointe ;
4° RUFFIGNON : D'argent à 3 bandes de sable.

A Gommery. — 124 — 123. Jean GUILLAUME
porte les armes de sa mère Mayon de GOMMERY : D'azur
à la croix d'or vidée de gueules. (V. *Lallement*).

125   124. Didier de FILLIERS : Comme 41 (4°).

b. Claudon de GRESSILE, sa femme : Coupé : en chef
parti à dextre d'argent au pal de gueules, à senestre
d'argent au lion d'azur ; en pointe d'argent au lion
d'azur.

126 — 125. Henry LE PEUCQUE porte les armes de
sa mère Margueritte de BELLEFONTAINE : D'argent à 7
hermines de sable 4-3.

b. Jeanne de POURIN, son aïeule : De gueules à la
fasce d'or accompagnée en pointe d'une rose d'argent,
au chef de même chargé de 3 merlettes de sable.

127 — 126. Gerard LALLEMENT porte les armes de
sa mère Marguerite de GOMMERY : Comme 124. (V.
Guillaume).

PRÉVOSTÉ DE SATHENAY (1).

A Sathenay. — 129 — 128. Robert de GRATI-
NOT : D'azur à la fasce d'or accompagnée en chef de
2 coquilles d'argent et en pointe d'une rose de même.

b. Marguerite DANNONVILLE, sa femme : D'argent à 2
fasces de sable accompagnées en pointe d'un croissant
de même.

130 — 129. Jacques BERTIGNON : D'argent à 3
chardons au naturel.

b. Marguerite du MONT, sa femme : Comme 54.

(1) Stenay.

131 — 130. Claude et Jean BERTIGNON : Comme 130.

132 — 131. Philippe de LA FONTAINE : 1° LA FONTAINE : D'or à 2 bourdons d'azur en sautoir, sommés d'une coquille de gueules ; 2° CORDIÈRES : De ..... au sautoir de ..... cantonné de 4 étoiles de ..... ; 3° LES QUAIRS : D'azur à la fasce d'or surmontée de 3 bagues de même ; 4° CESSE : D'or à 4 corbins de sable 2-2, les 3 premiers surmontés d'une étoile de gueules ; 5° POUILLY : D'argent au lion d'azur ; 6° AWAINES : D'argent à la bande de sable accompagnée de 2 cottices de même, au lambel de même brochant sur le tout ; 7° PELLICHE : D'azur à la croix ancrée d'argent. (V. *Gogines*) ; 8° WAMPACH : Coupé : en chef parti, à dextre d'argent à 3 feuilles de peuplier de gueules, à senestre de gueules plein ; en pointe d'or plein.

133 — 132. Guillaume de LA CAILLE : D'argent à 3 merlettes de sable, au chef de gueules chargé de 3 étoiles d'or.

b. Bonne CHOISNAULX, sa femme, : D'argent au chêne de sinople fruité d'or et accompagné en pointe de 3 corbins, le premier contourné.

134 — 133 Guillaume et Jean d'OREY : 1° D'OREY : De gueules semé de fleurs de lis d'argent à l'écusson d'azur en cœur ; 2° DICOURT : D'argent à l'aigle de sable, au canton senestre de même chargé de 3 coquilles d'argent ; 3° D'ALLAMONT : De gueules au croissant d'argent, au chef de même chargé d'un lambel d'azur ; 4° PAVAN : De gueules à 2 fasces d'argent, au chef échiqueté d'argent et d'azur de 2 traits ; 5° BAR : Comme 25 (2°) ; 6° BERTIGNON : Comme 130 ; 7° DES BERNARD : Comme 103 ; 8° VOILLE : D'argent à 3 merlettes de sable.

135 — 134. Pierre d'Asnoy : 1º D'Asnoy : Comme
121 *bis b.* ; 2º Thonneleti : D'azur à 3 bandes d'or, au
canton senestre d'argent chargé d'une tierce-feuille de
gueules ; 3º D'Alendy : De gueules à 2 aiguières d'argent, la première contournée ; 4º Hamal : D'argent à
la fasce fuselée de gueules de 4 pièces.

136 — 135. Loys Leger porte les armes de sa
mère Marie Lescamoussier : De gueules au chevron
d'argent accompagné en chef de 2 roses de même et
en pointe d'une étoile d'or.

b. Jeanne de La Borde, sa femme : D'argent à 2
merlettes affrontées de sable, au chef d'or chargé de 2
quintefeuilles de gueules.

137 — 136. Pierre de Senlis : 1º Senlis : D'argent au losange de gueules mis en bande, appointé de
4 demi losanges de même mouvants des cantons de
l'écu ; 2º Tutembor : De gueules à la tour à 2 étages
d'argent sommée d'un arbre de sinople et accostée
d'un ours contourné et grimpant de sable. (V. *Anguillaire*) ; 3º Raulot : D'argent au renard de gueules ; 4º
Chesnau : D'argent au chêne de sinople fruité d'or.

138 — 137. Jacques de Mouzay : Comme 123
(2º).

b. Barbe Lombard, sa femme : De sinople à une arba-
lète d'or garnie d'argent.

139 — 138. Guillaume de Mouzay : Comme 123
(2º).

b. Guillemette de Pouilly, sa femme : Comme 132
(5º).

140 — 139. Jean, François, Henry et Pierre de
Mouzay : 1º Mouzay : Comme 123 (2º) ; 2º Fraisnes :
Ecartelé au 1 et 4 d'or à 2 chiens braquets de gueules

l'un sur l'autre, au 2 et 3 d'argent à 2 merlettes de sable
en pal ; 3° Colpac : D'argent à l'écusson d'azur en cœur ;
4° D'Oriocourt : De gueules à 4 pals de vair, au chef d'or
chargé d'un léopard de gueules ; 5° La Borde : Comme
136 b. ; 6° Sappongne : De gueules à 3 étrilles d'argent ;
7° Prowi : D'argent au lion de sable ; 8° Grizille : De
gueules à la tour d'argent accostée à senestre d'une
fasce de même chargée de 2 merlettes de sable.

141 — 147. Anthoine de Sin : 1° De gueules à 3
rangs de vair d'argent, le 2^d surmonté d'une canne d'or ;
Tardy : Ecartelé au 1 et 4 d'or à 3 trèfles de sable, au
2 et 3 de gueules à la croix d'or au lambel d'argent ;
3° Scannevelle : D'argent à 3 coquilles de gueules, à la
bordure de sable ; 4° Anguillaire, Comme *Tutembor*.
(V. 137 (2°).

142 — 152. Claude Mahieu : 1° Mahieu : Comme
144 (5°) ; 2° Masuny : Comme 144 (6°) ; 3° Comte :
Comme 144 (7°) ; 4° Rucque : Comme 144 (8°) ; 5°
Masuny : Comme 144 (6°) ; 6° Fottes : Burelé d'argent et d'azur de 9 pièces à la bande de gueules brochant sur le tout ; 7° Bernard : De gueules à l'épée
basse d'argent accostée de 2 étoiles de même ; 8° Saint-
Pierre de Hingelle : D'argent à la fasce vivrée de
sable ; 9° Genty : D'argent à la bande échiquetée de
gueules et d'argent ; 10° Gogines : Comme *Pelliche*.
(V. 132 (7°) ; 11° Wauttipont : D'azur à 2 cornes ren-
versées et adossées d'argent, entourées de 8 trèfles tigés
de même mis en orle ; 12° Rocque : De . ... au lion
de ......

b. Philippe de Beauchamps, sa femme : 1° Beauchamps : Comme 43 ; 2° Stainville : D'or à la croix
ancrée de gueules ; 3° Gorcy : Comme 120 (3°) ;

4° Mussenot : D'argent au trèfle de sinople, chapé d'azur
à 2 étoiles d'or, coupé et soutenu de même à une rose
de gueules ; 5° Cousance : Comme 53 b. ; 6° Custine :
Ecartelé au 1 et 4 d'argent à la bande de sable accompagnée de 2 cottices de même, au 2 et 3 de sable semé
de fleurs de lis d'argent ; 7° D'Assenoy : Comme 121
bis ; 8° Failly : D'argent à la tierce-feuille de gueules.

143 — 153. Joachin de Bryauld : D'argent au
chevron d'azur chargé de 3 larmes d'argent et accompagné de 3 merlettes de sable.

b. Alix de Cesse, sa mère : D'or à 3 merlettes de
sable surmontées chacune d'une étoile de même.

A Laneufville. — 144 — 140. Philippe et Claude
de Mouzay : 1° Mouzay : Comme 123 (2°) ; 2° Stivaulx :
De sable la fasce danchée soutenue de 2 pièces et surmontée d'une merlette, le tout d'or ; 3° Haultoy :
Comme 112 ; 4° Dellaire : D'azur à l'aigle d'or accompagnée en chef de 2 croisettes pommettées au pied fiché
de même ; 5° Mahieu : D'argent à la merlette de sable
surmontée de 2 roses de gueules ; 6° Masuny : Parti
d'azur et de gueules à 2 bars adossés d'argent ; 7°
Comte : D'azur au chevron d'argent accompagné de 3
étoiles d'or ; 8° Rucque : De sable à 3 triangles renversés d'argent.

A Luzy. — 145 — 141. Jean, François et Claude
de Mouzay : Comme 123 (2°).

146 — 143. François de Chappy : Comme 148.

A Broaine (1). — 147 — 142. Jean de Herbemont : 1° Herbemont : Ecartelé au 1 d'or à 3 bandes
d'azur, au 2 d'argent à 2 merlettes de sable mises en

(1) Brouenne.

fasce, au 3 d'azur à 2 glands feuillés **d'or** mis en pal le second renversé, au 4 d'or plein ; 2º L'Hostel : De sinople au chevron d'argent accompagné en chef de 2 étoiles d'or ; 3º Waimpach : Comme 132 (8º) ; 4º .... ; 5º Viller-en-Woivre : Comme 61 (4º) ; 6º Xonot : D'or à la tour de gueules ; 7º Pouilly : Comme 132 (5º) ; 8º Gratinot : Comme 129

A Mouzay. — 148 — 144. Jean de Chappy : 1º Chappy : D'or au chevron d'azur chargé de 6 besans d'or ; 2º Champy : D'hermine au lion de gueules ; 3º Haultoy : Comme 112 ; 4º Pouilly : Comme 132 (5º).

149 — 151. Philippe Gentil : Coupé, en chef gironné d'argent et d'azur de 6 pièces, en pointe de gueules à la croix alaisée d'or. (V. *Perseval*).

b. Mennon de Chappy, sa femme : D'or au chevron d'azur chargé de 3 besans d'or.

A Ynoz (1). **— 150 — 145.** Rodric de Thonnelety : 1º Thonnellety : Comme 135 (2º) ; 2º Gemeppe : D'azur à 2 léopards d'argent l'un sur l'autre ; 3º Dyrey : D'azur à la croix d'argent ; 4º La Hewille : D'argent au tronc d'arbre de sable accosté de 2 cigales grimpantes de même, la 1re contournée ; 5º Pouilly : Comme 132 (5º) ; 6º Strainchamps : D'argent à la bande de gueules chargée de 3 fleurs de lis d'or ; 7º Dufour : D'or fretté de sable, au chef d'argent chargé d'une croix patée et alaisée de gueules entre 2 merlettes de sable ; 8º Creppi : De gueules à 2 léopards d'argent l'un sur l'autre.

A Thellaincourt. — 151 — 146. Florentin du Bucquois : D'argent à l'arbre arraché de sinople, chargé

(1) Inor.

d'un oiseau d'argent et accosté de 2 lions de gueules, le 1ᵉʳ contourné.

b. Florentine de LA PRESLE, sa mère : Comme 122 (6°).

A Bronelle (1) — **152** — **148**. Nicaise de TIGE : 1° TIGE : D'or à la croix engrelée de gueules, au canton dextre chargé d'une croix engrelée de même ; 2° SOUMAIN : De sable à la fasce d'argent ; STRAINCHAMPS : Comme 150 (6°) ; 4ᵉ DOME : D'argent fretté de sable, au canton dextre d'azur à 3 fleurs de lis d'or ; 5° GROSYEULX : D'argent à l'ancre de sable ; 6° D'OURGEAU : Comme 15 (4°) ; 7° WOILLE : Comme 134 (8°) ; 8° NOIRFONTAINE : De gueules à 3 étriers d'or liés de sable.

A Pouilly. 153 — **149**. Nicolas de NONANCOURT : D'argent à 3 merlettes de sable accompagnées de 4 étoiles de gueules, 2 en chef et 2 sur les flancs, et soutenues d'un croissant d'azur.

b. Marguerite de TRICONVILLE, sa mère : D'or à 3 bandes de gueules.

A Villers la-Chièvre. — **154** — **150**. Henry de CIRCOURT : 1° CIRCOURT : Comme 79 ; 2° LA COURT : Comme 35 (4°) ; 3° HAULTOY : Comme 112 ; 4° HEZECH. *Sans indication d'armes.*

A La Vasme (2). — **155** — **154**. Guillaume DASSY : 1° DASSY : D'azur à la fasce d'argent acompagnée de 3 tourniquets de même ; 2° HAULTOY : Comme 112 ; 3° HUARNE : De gueules à 3 hallebardes d'argent ; 4° DOREY : Comme 134.

A Dung-le-Chastel. — **156** — **155**. Jean BERTIGNON : Comme 130.

(1) Commune de Stenay.
(2) Commune de Pouilly.

157 — 156. Adrian PERSEVAL : 1° PERSEVAL : De gueules à la croix alaisée d'or, au chef gironné d'argent et d'azur de 6 pièces chargé d'une étoile à 8 raies d'or au canton dextre. (V. *Gentil*) ; 2° BEAUVAIS : Pallé d'or et de gueules de 7 pièces ; 3° DALONVILLE : D'argent à 2 fasces de sable ; 4° ....

158 — 166. Jacques et Perignon de LA GRANGE : Comme 5.

A Jupille (1). **— 159 — 167.** Claude de CRANNE (? CRAUVE) : 1° CRANNE : De gueules au lion d'argent accompagné de 3 trèfles de sable, 2 en chef et un en pointe au flanc dextre de l'écu ; 2° DALLE : D'azur à 3 serres d'aigle d'or ; 3° BALLAIS (? BALLARS). *Sans indication d'armes* ; 4° MONTOY : Comme 122 (7°).

A Marville. — 159 *bis* **— 158.** Ferry de FAILLY dict PETIT-FAILLY : Comme 1 (3°).

160 — 159. FAILLY de SANCY : D'argent à la tige de 3 feuilles de gueules accostée de 2 merlettes de sable, la première contournée.

161 — 160. GRAND-FAILLY de MARVILLE : De gueules à la fasce d'argent accompagnée de 3 haches couchées de même.

162 — 161. FAILLY : Comme 142 *b*. (8°).

163 — 162. Jacques de HEULLES : 1° HEULLES : D'azur à 3 mufles de léopard d'or ; 2° YSNARD : D'argent à l'aigle de sable couronnée, becquée et armée de gueules ; 3° LORGIE : D'azur à l'aigle d'or accompagnée en chef de 2 étoiles d'argent ; 4° MORTRES : D'azur au mortier d'argent, à la grenade de sable élancée de gueules ; 5° HAULTOY : Comme 112 ; 6° POUILLY : Comme

(1) **Commune de Doulcon.**

132 (5°) ; 7° LUZY : D'argent au chef danché de sable de 4 pièces ; 8° SAMONGNEUL : D'argent au lion de sable besanté d'argent.

A Mervaulx (1). — **164** — **163**. Guillaume de SAINCT-LAURENT : De gueules à 3 coquilles d'or.

Claude d'OREY, sa femme : Comme 134.

A Lyon-près-de-Dung. — **165** — **164**. Nicolas de FLEURY : Ecartelé au 1 et 4 d'azur à 3 étriers d'or liés d'argent, au 2 et 3 bandé d'or et de sable de 6 pièces ; 2° GOLY : De gueules à l'homme d'armes d'argent tenant une épée haute de même ; 3° LESTANG : D'argent au chevron d'azur accompagné de 3 têtes de maure de sable tortillées d'argent ; 4° GENTIL : Comme 149. (V. *Perseval*).

A Cunel. — **166** — **165**. Philibert de BLONDEAULX : De sable à 3 besans d'argent.

PRÉVOSTÉ DE SAINCT-MIHIEL

A Sainct-Mihiel. — **167** — **167**. Jean LE POIGNANT : D'or à la bande d'azur chargée d'une licorne d'argent entre 2 aiglettes de même.

b. Philippe WARIN, sa femme : D'azur fretté en croix d'or, à la bordure de gueules.

168 — **168**. Blaise LESCUYER : Comme 58.

b. Jehannette de VILLERS-EN-WAIVRE, sa femme : Comme 61 (4°).

169 — **169**. Henry GRUYER : Ecartelé en sautoir, le chef et la pointe d'azur à 3 larmes d'argent, les flancs d'argent à la coquille d'azur.

(1) **Murvaux**.

170 — 170. Anthoine de ROSIERS : D'or à 2 léopards contrepassants d'azur l'un sur l'autre, à la bordure engrelée de gueules.

b. Jeanne LAUDINOT, sa femme : D'azur à 3 trèfles d'or.

171 — 171. Jean HANNEZON : D'argent à la fasce d'azur chargée de 3 panthères passants d'or et accompagnée de 3 escarboucles pommettées de gueules.

b. N... DIDELOT, sa femme : De sable au sautoir gironné d'argent et de gueules de 16 pièces. (V. *Caboat, Forgeault* et *Godin*.)

172 — 172. Jacques PRICQUET : D'azur à la fasce d'argent accompagnée de 3 lions d'or.

b. Barbe de RAMFAIN, sa femme : D'or à 2 fasces d'azur accompagnées en chef d'un léopard de gueules.

173 — 173. Nicolas GERVAIS : De gueules au bras d'argent vêtu d'or tenant une croix latine de même.

b. Marie de ROSIERS, sa femme : Comme 170.

174 — 174. Alberic de ROSIERS : *Id*.

b. ...., sa femme : D'azur à l'étoile d'or entre 3 croix pommettées au pied fiché de même.

175 — 175. François de MALAMONT : De gueules au lion d'argent.

176 — 176. Jean BOSMARD porte les armes de sa mère Alix COLLINET : Comme 78.

b. Agnès RAULET, sa femme : D'azur à la coupe couverte d'or.

177 — 177. Les enfants de Jean LAUDINOT : Comme 170 *b*.

178 — 178. Jacques LE DART : De gueules au chevron d'argent, au chef cousu d'azur chargé de 3 écussons d'or.

179 — 179. Mathieu de La Réauté : Comme 45.

b. Dion Bon, sa femme : De gueules à la serpe d'argent mise en pal et surmontée de 2 étoiles d'or.

180 — 180. Ferry Bon : *Id.*

181 — 181. Mathieu de Metz : D'azur au monde d'or cerclé de même.

b. Barbe Le Dart, sa femme : Comme 178.

182 — 182. Charles et François de Vignolles : Comme *Lor.*, 95.

183 — 183. Nicolas Ruttan : De gueules à 2 palmes adossées d'or.

184 — 184. Jean Bourgeois : D'azur à 2 fasces vivrées d'argent accompagnées de 3 têtes de lion d'or lampassées d'argent.

b. Jeanne Bouvet, sa femme : Comme *Lor.*, 74.

185 — 185. Jean, Philippe, George, Luc et Nicolas Platel : D'argent au chevron d'azur chargé de 5 larmes d'or et accompagné de 3 coupes de gueules.

186 — 186. Jean et Chrestofle Fisson : D'argent à la bande vivrée de gueules.

187 — 187. Humbert Coin : De pourpre au panthère d'or.

b. Jacquemette Hombillon, sa femme : D'azur à la tour d'argent, au chef d'or chargé d'un lion naissant couronné de gueules.

188 — 188. Jacques Busselot : D'azur semé d'étoiles d'or à la voile d'argent.

b. Anthoinette de La Grange, sa femme : Comme 5.

189 — 189. Jean Busselot : Comme 188.

b. Bonne de Wassebourg, sa femme : D'or au chevron de gueules, au chef d'azur chargé d'un panthère passant d'argent.

190 — 191. Didier RAULET : Comme 176 *b*.

191 — 196. Nicolas LE WAILLON : Comme 27.

192 — 198. Jean MAILLART : De gueules au loup-cerf d'argent accompagné de 4 besans d'or mis en croix, ceux du chef et de la pointe chargés d'un A, ceux des flancs d'une croix de Lorraine.

b. Catherine JENIN, sa femme : Ecartelé en sautoir, le chef et la pointe d'or à la rose de gueules, les flancs de gueules au mufle d'or.

193 — 199. Pierre GALLOIS : Comme 22.

b. Marguerite MILLET, sa mère : Comme 24 *b*.

c. Méline LIÉTAIRE, son aïeule : D'azur au chevron d'argent accompagné en pointe d'une rose de même.

194 — 204. Warin GONDRECOURT : D'azur à la fasce d'argent accompagnée en chef de 2 éperviers d'or et en pointe d'une étoile de même.

A Han-sur-Meuse. — 195 — 190. Berthrand LHOSTE : D'or au chevron engrelé de gueules accompagné de 3 croix patées d'azur.

b. Mayon BŒUFVIN, sa femme : D'azur au chevron d'argent accompagné en chef de 2 étoiles d'or et en pointe d'un mufle de léopard de même.

A Laumont (1). **— 196 — 192.** André et Gervais RAULET : Comme 176 *b*.

A Buxière. — 197 — 193. Chrestofle RAULET : *Id.*

A Longchamp. — 198 — 194. Gerard PSAULME : D'azur à la fasce d'argent accompagnée en chef de 2 étoiles d'or et en pointe d'une gerbe de même.

199 — 202. Anthoine de MIRVILLE : De sable à 4 lions d'argent.

(1) Loupmont.

b. Alix de Serocourt, sa femme : D'argent à la bande de sable cotoyée de 6 billettes de même, celles du chef 2-1, et accompagnée en chef d'un lambel également de sable (V. *Thiriot*).

A Ambly. — 200 — 195. Jean de Dieulx : Comme 20.

b. Jacquemette Raulet, sa femme : Comme 176 *b.*

A La Croix-sur-Meuze. — 201 — 197. Claude Le Waillon : Comme 27.

A Creuves (1). **— 202 — 200.** Charles Jhérosme de Choisy-en-Brie : D'or au chêne de sinople fruité d'or, entouré d'un serpent d'argent, au chef d'azur chargé de 3 cannettes d'argent becquées et membrées de gueules.

b. Jeanne Raulet, sa femme : Comme 176 *b.*

203 — 203. François de Bourgongne : Comme *Lor.*, 197. (V. *Huyn*).

b. Magdeleine Bellamy, sa femme : De gueules à la fasce d'or accompagnée de 4 berceaux d'argent.

A Lahemey (2). **— 204 — 201. —** Chrestofle des Ancherins : Parti : à dextre, de gueules semé de croisettes pommettées au pied fiché d'or à un château et demi de même ; à senestre, de gueules au demi massacre de cerf d'or (V. *Sainctignon*).

b. Margueritte de Serval, sa femme : Comme 42.

A Aspremont. — 205 — 205. Claude Sarazin : Coupé en chef d'argent au léopard de gueules et en pointe d'azur à une étoile d'or.

b. Catherine Heraudel, sa femme : D'azur à la bande d'or chargée de 3 trèfles de gueules.

---

(1) Creue.
(2) Lahaimeix.

PRÉVOSTÉ DE TRONGNON (1).

A Trongnon. — **206** — **206**. Regnault BEUFVIN : Comme 195 *b*.

b. Agnès RAULET, sa belle-fille : Comme 176 *b*

A Buxereulles. — **207** — **207**. Nicolas NOËL de BUXEREULLES : D'azur au chevron d'or chargé de 3 écussons de gueules et accompagné de 3 roues dentelées d'or.

Bailliage de Hactonchastel.

PRÉVOSTÉ DE HACTONCHASTEL.

A Billy-soubz-Hactonchastel (2). — **208** — **208**. Jean ALBERT : Chappé d'or et d'azur, l'azur chargé d'un escargot d'argent.

b. Nicolle GONDRECOURT, sa femme : Comme 194.

209 — **209**. Jean GONDRECOURT : *Id.*

b. Ysabel WALGAIRE, sa première femme : Coupé en chef d'argent à 2 merlettes de sable et en pointe d'azur, à la fasce de gueules brochant sur le tout.

c. Loyse FOURNIER, sa seconde femme : Ecartelé en sautoir, le chef et la pointe d'azur au pal d'or chargé de 3 tourteaux de gueules, les flancs d'or à la tête de lion d'azur couronnée et lampassée d'argent.

A Vigneulles-soubz-Hactonchastel. — **210** — **210**. Pierre PATON : D'argent à la rose de gueules, au

(1) Aujourd'hui Heudicourt.
(2) Aujourd'hui Billy-sous-les-Côtes.

chef de même chargé de 2 pattes de lion d'or hissant des cantons de l'écu.

211 — 218. Jean Daspic *alias* d'Asprey dict Gelin : De gueules à 2 estocs alaisés d'or mis en croix accompagnés en pointe de 3 tierce-feuilles d'argent.

A Rouvroy. — 212 — 211. Anthoine Trusson. *Sans indication d'armes.*

213 — 220. Hugues Hugo : D'azur au chef d'argent chargé de 2 merlettes de sable.

b. Margueritte Morot, sa femme : De sable à 3 chevrons d'or.

A Sainct-Remy. — 214 — 212. Nicolas Hermand : D'argent au chêne de sable, feuillé de sinople, fruité d'or et planté sur un tertre de sable.

215 — 213. François Geoffroy : Comme 51.

216 — 215. Geoffroy de Sainct-Remy : Comme 218.

b. Pacquette de Heumont, sa femme : Comme 111.

217 — 223. François Loignel : D'azur au lion d'or, armé et lampassé de gueules. (V. *Gerard, Hussenet* et *Lambert.*)

b. Alix de Sainct-Remy, sa femme : Comme 218.

A Herbefville. — 218 — 214. Nicolas de Sainct-Remy : D'azur au croissant d'argent, au chef de même chargée de 3 merlettes de sable.

219 — 216. Cugny Anthoine dict de Mogeville : D'argent à la fleur de lis de sable accompagnée en chef de 3 billettes de même.

220 — 217. Mengin de Bayart : D'azur à 3 losanges d'or surmontés chacun d'une pie au naturel.

b. Jeannette de Sainct-Remy, sa femme : Comme 218.

**A Hadonville-soubz-Hactonchastel (1). — 221 —
219.** Martin et Pierre WARGAIRE dicts WANNESSON :
Comme 209 *b*.

A Viville (2). — **222 — 221.** Jean ROUYER dict
BLANCHERON : D'or au chef d'azur chargé d'un chien
d'argent colleté de gueules.

223 — 222. Rollequin de BLAVILLE : Comme 90.

Bailliage d'Apremont.

PRÉVOSTÉ D'ASPREMONT.

A Xonville. — 224 — 224. Claude de DIEULX :
Comme 20.

Bailliage de Clermont.

PRÉVOSTÉ DE WARANNES (3).

A Warrannes — 225 — 225. Hugues COLLART
dict de VILLE : D'or à la fasce de gueules chargée de
3 roses d'argent (*Armes anciennes*). *Ou* : De gueules
au chevron d'argent accompagné de 3 roses de même
(*Armes nouvelles*).

b. Loyse PREUDHOMME, sa femme : Chevronné de
gueules et d'or de 6 pièces, au chef d'azur chargé d'un
levrier d'argent colleté de gueules. (V. 106 *b*.).

(1) Hattonville.
(2) Viéville-sous-les-Côtes.
(3) Varennes.

226 — 226. Claude GERVAISE : De gueules à la fasce engrelée d'or accompagnée de 3 étoiles de même et surmontée d'un lambel d'argent.

b. Jean BOUDET, son cousin : De gueules à la fasce engrelée d'or accompagnée de 3 étoiles de même.

c. Marguerite de MONTFLIN, sa femme : D'azur à la rose d'argent surmontée de 3 annelets de même, mis de rang.

d. Nicolle de DALLE, sa belle-mère : Comme 159 (2°).

227 — 227. Nicolas FORGEAULT dict de VILLERS-AUX-VENTS : De sable au sautoir gironné d'argent et de gueules de 16 pièces, chargé en cœur d'une rose d'or. (V. *Caboat, Didelot* et *Godin*).

b. Françoise de BOUHAN, sa femme : De sable à 3 bandes d'or, la seconde chargée de 2 étoiles de sable.

A Wauquois. — 228 — 228. Adam FORGEAULT dict de VILLERS-AUX-VENTS : Comme 227.

b. Jehanne de FAILLY, sa femme : Comme 161.

A Montbleville près Warrannes (1). — 229 — 229. François de VILLERS-LE-PREUDHOMME : D'azur au sautoir d'or accompagné en chef d'une cane d'argent.

b. Chrestienne de FONTAINE, sa femme : D'azur à 3 bandes d'or, au chef d'azur chargé de 3 besans d'or.

A Verry. — 230 — 230. Philippe des PAYRELLES : 1° Des PAYRELLES. *Sans indication d'armes* ; 2° Des AVELLES : De sable au sautoir d'or ; 3° LA ROCHE. *Sans indication d'armes* ; 4° LA VALLÉE. *Id.* ; 5° MARCHEVILLE : D'argent à 5 annelets d'azur 2-2-1 accompagnés en chef d'une étoile de .. .... (V. *François, Hainzelin, Le Gombaut* et *Robert*) ; 6° DAPROUX : Parti

(1) Montblainville.

à dextre d'argent à 2 fasces de gueules, à senestre d'argent à 5 hermines de sable 2-2-1 ; 7° Daussel : D'argent à la bande fuselée de sable, au chef de même.

A Chappy (1). — **231 — 231.** Jean de Gommery : D'azur à la croix d'argent cantonnée d'une coquille d'or au premier canton.

b. Marie de Watines, sa mère : D'azur à une bande d'argent côtoyée de 6 étoiles d'or.

232 — 232. Bastien Chappé : Comme *Wandelaincourt.* (V. 121 *b.*).

A Romaigne (2). — **233 — 233.** Anthoine du Buffet dict de Montbron : D'argent au lion de gueules, à la bordure d'azur.

234 — 234. Nicolas Sartellet : D'azur à la fasce d'or chargée de 3 béliers de sable et accompagnée de 4 étoiles d'or, 3 en chef et en pointe.

b. Philippe de Beurnonville, sa femme : De sable au lion léopardé d'argent.

235 — 235. Ancherin de Saintignon. *Sans indication d'armes.*

236 — 236. Jacques et Robert de Paviette : D'or à 3 losanges de gueules, au chef d'azur chargé de 3 étoiles d'argent.

b. .... : De gueules au lion d'or.

c. Barbe de Gratinot, leur mère : Comme 129.

PRÉVOSTÉ DE CLERMONT.

A Clermont. — **237 — 237.** Nicolas Dardenet : 1° Ardenet : D'azur à la bande d'or chargée de 3 mer-

(1) Cheppy.
(2) Romagne-sous-Montfaucon.

lettes de sable et cotoyée de 6 billettes d'or, 1-2 en chef, 2-1 en pointe ; 2° Belruz : D'azur au lion d'argent ; 3° Cueve : De gueules à la naïade d'argent vêtue d'or, sortant d'une rivière ondée d'argent et d'azur ; 4° Trevillars : D'azur à 2 bars adossés d'argent, les ouïes de gueules, surmontés d'une croix patée d'argent ; 5° Toul : De gueules à la fasce d'argent accompagnée en pointe d'un levrier de même ; 6° Des Champs : D'azur à 3 épis tigés d'or ; 7° Grammont : D'azur à 3 bustes de reine d'argent couronnés d'or ; 8° Nadan : De gueules au lion d'argent.

b. Jeanne Errard, sa femme : Tranché de gueules et d'azur à la bande d'or brochant sur le tout.

c. Chrestienne Couchon, sa belle-mère : De gueules à un rateau haut d'or accompagné de 3 roses de même, 2 aux flancs de l'écu et la troisième en pointe, et d'une larme d'argent au 4ᵉ canton.

238 — 238. Jean Toignart : De sable à la fasce d'argent chargée d'un alérion de gueules et accompagnée de 3 mufles d'or.

b. Armenie Hardi, sa femme : De sable à 3 marguerites d'argent.

239 — 272. Jacques Henriet dict de La Vallée : Comme 16.

b. Perette Richier, sa mère : Comme *Wandelaincourt.* (V. 121 *b.*).

240 — 276. Didier Simonin porte les armes de sa tris-aïeule Colette Simonet : D'azur au lion d'or armé et lampassé de gueules dressé contre un estoc d'or. (V. *Freminez, Gabez, La Gaudé, Menus, Saillet* et *Simonet*).

b. Françoise Paviette sa femme : Comme **236.**

241 — 277. Humbert Saillet porte les armes de sa bis-aïeule Pacquette Lambinet : Comme *Wande-laincourt*. (V. 121 *b*.).

242 — 280. Jean Fouraulx : D'argent à 2 bandes d'azur bordées et engrelées de gueules.

b. Jeanne Errard, sa belle-fille : Comme 237 *b*.

A Vienne (1). — **243 — 239.** Jean d'Estocquois. *Sans indication d'armes*.

244 — 241 Ferry d'Estoquois : D'azur à 3 bandes d'or, la première surmontée d'un lion naissant de même.

b. Rozette de Liry, son aïeule : D'azur à la fasce d'argent accompagnée de 5 étoiles d'or, 2 en chef et 3 en pointe, et surmontée d'un lambel d'argent.

245 — 242. Remy, Claude et Loys Dorlodo : D'azur à 3 étoiles d'or.

246 — 248. Nicolas de Condé : Comme 262.

247 — 262. Jheresmie des Bigaulx : Comme 255.

248 — 266. Gaulchier des Fours : Comme 272 *b*.

249 — 267. Anne Forgeault dicte de Villers-aux-Vents : Comme 227.

A Saint-Thomas. — **250 — 240.** Pierre Forgeault dict de Villers-aux-Vents : *Id*.

b. Jeanne de Lescuyer, sa mère : D'argent à 3 merlettes de sable.

A la Verrière du Neuf-Four. — **251 — 243.** Thierry des Androwins : D'azur à 3 renards passants d'or l'un sur l'autre.

b. Anne de Gob-Noudingen, sa femme : Ecartelé : au 1 et 4, d'or à 2 corbins de sable tenant en leur bec un

(1) **Vienne-le-Château.**

anneau de même, l'un sur l'autre, bordé de même ; au
2 et 3, d'azur à la croix d'or cantonnée de 4 coquilles
de même.

252 — 244. Pierre et Claude des Androwins :
Comme 251.

253 — 245. Nicolas des Androwins : *Id.*

b. Chrestienne Montcellet, sa femme : D'azur semé
d'étoiles d'or à la montagne de 3 coupeaux d'or.

c. Marguerite Rodohan, sa belle-mère : De gueules,
chappé d'or à 2 roses de sable.

254 — 258. Jean de Golliez : Comme 274 *b.*

255 — 259. Nicolas des Bigaulx : D'azur à 3 renards d'argent, le deuxième contourné, soutenus
chacun d'une étoile d'or.

b. Françoise de Bigonnier, sa femme : D'azur à la
croix tréflée au pied fiché d'or.

256 — 260. Jacques des Bigaulx : Comme 255.

b. Jeanne de Nova, sa femme : D'azur au chevron
d'or accompagné en pointe d'un sanglier d'argent, au
chef cousu de gueules chargé de 2 fleurs de lis d'argent surmontées de 3 glands d'or. (V. *Nusement*).

257 — 261. Gerard et Jean des Bigaulx : Comme
255.

258 — 268. Les enfants de Nicolas des Bigaulx : *Id.*

259 — 271. Jonas des Guyot : Comme 267.

260 — 279. Simon du Lorrier : D'azur à la licorne passante d'argent, armée d'or, entre 2 étoiles de
même, au chef d'argent chargé de 2 corbins de sable.

b. Gratienne des Androwins, sa femme : Comme
251.

261 — 282. Claude et Jean de Bras : Comme *Des
Bernard*. (V. 103).

A la Verrière du Four-le-Moyne (1). — **262** —
246. Berthrand, Jacques, Jonas, Bastien, Jean,
Claude, Nicolas et Guillenton de Condé : D'azur au
chevron d'or accompagné en chef de 2 haumes d'argent et en pointe d'une hure de sanglier de même, vue
de fasce.

263 — 247. Claude de Condé : *Id.*

b. Adrianne de Morne, sa femme : D'argent à 3
fasces d'azur au lion de sable brochant sur le tout.

264 — 265. Toussainct Broissart : D'azur à 3
fleurs de lis d'or herminées d'argent, accompagnées en
cœur d'une main d'or supportant un faucon d'argent.

b. Lucie de Condey, sa femme : Comme 262.

A la Verrière de Claon. — **265 — 249**. Jean de
Condé : *Id.*

266 — 250. Claude de Condé : *Id.*

b. Barbe Chabrau, sa femme : D'azur au chef d'argent chargé d'un lion naissant de gueules.

267 — 251. Nicolas de Condé : Comme 262.

b. Margueritte des Guyots, sa femme : D'azur à 5
chevrons d'or accompagnés de 3 étoiles de même.

268 — 253. Guillaume, Bertrand et Humbert de
Condé : Comme 262.

269 — 257. Claude (II) du Hould : Comme 274.

270 — 264. Denis de Bonnet : De gueules à 3
hures d'argent.

b. Jeanne de Lorrin, sa femme : D'azur au lion d'argent, au sautoir de même brochant sur le tout.

271 — 287. Jean de Foucault : D'argent à 3 bandes d'azur côtoyées en chef de 3 coupes couvertes de
même.

(1) Le Four des Moines, commune de la Chalade.

b. Claude de Guibourg, sa mère : De gueules au chevron d'argent chargé de 3 croissants de sable et accompagné de 3 étoiles d'or.

c. Marguerite de Mouzay, sa femme : Comme 123 (2°).

Au Four de la Challades. — 272 — 252 Claude, Nicolas et Pierre de Condé : Comme 262.

b. Nicole des Fours, leur mère : D'or à 3 chevrons de gueules.

c. Claude de Saulx-en-Champaigne, leur aïeule : D'or fretté de gueules, à la bordure componée de gueules et d'argent de 16 pièces.

A la Verrière de la Harazée (1). 273 — 254. Jehannot des Thierriers : De gueules au chevron d'argent surmonté d'une étoile d'or.

274 — 255. François du Hould : D'azur à 3 bandes d'or et 4 losanges de même mis en barre.

b. Anthoinette de Golliez, sa femme : D'azur au chêne d'argent fruité d'or, accosté à dextre d'un cœur d'argent surmonté d'une étoile d'or, et à senestre d'un écureuil grimpant d'argent.

275 — 256. Claude du Hould : Comme 274.

A Rececourt (2). — 276 — 263. Claude des Bigaulx : Comme 255.

277 — 269. Nicolas Le Febure : D'or au buste de cerf au naturel hissant de la pointe, au chef d'azur chargé d'une larme d'argent entre 2 roses d'or.

278 — 283. Florent Hainssellin : Comme *Marcheville.* (V. 230 5°).

(1) **Commune de Vienne-le-Château.**
(2) Récicourt,

b. Martine Le Houllier, sa femme : D'or au lion d'azur, à la fasce de gueules brochant sur le tout.

279 — 284. Jean de Villemorien : D'argent à la croix ancrée de sable chargée d'une étoile à 6 raies d'or.

b. Barbe de Blondeaux, sa femme : Comme 166.

280 — 293. Jean Jacquinez porte les armes de son aïeule Jacquemette Gallavaulx : Comme *Wandelaincourt*. (V. 121 *b*.).

281 — 305. Nicolas Gillet porte les armes de sa mère Ysabel Gallavaulx : *Id*.

282 — 306. Chrestophe Le Pousturier : D'azur à 2 fasces d'argent surmontées d'un lambel de même et accompagnées de 5 étoiles d'or, 2 en cœur et 3 en pointe.

283 — 307. Jean et Pierre-François Le Mareschal dicts des Gallavaulx portent les armes de leur aïeule Jeanne Gallavaulx : Comme *Wandelaincourt*. (V. 121 *b*.).

Aux Verrières du Binoys (1). **— 284 — 270**. Claude des Guyot : Comme 267.

b. Jeanne de Grenay, sa femme : Gironné de gueules et d'azur de 8 pièces, au soleil d'or brochant sur le tout.

c. Jacquette Robert, sa belle-mère : D'or à la fasce de gueules accompagnée de 3 merlettes de sable.

d. Loyse de Wailly, son aïeule : D'azur à la fasce d'argent accompagnée en chef de 2 étoiles d'or et en pointe d'un croissant montant et figuré d'argent.

A Going. **— 285 — 273**. Jean Henriet dict de La Vallée : Comme 16.

(1) Commune des Islettes.

A Aubreville. — **286** — **275**. Martin et Jacques Henriet dicts de La Vallée : *Id*.

A Blercourt. -- **287** — **278**. Chrestophe des Godins : Gironné d'or et d'argent à la croix patée de sable brochant sur le tout.

b. Gillette des Gabez, sa mère : Comme Simonet. (V. 240).

c. Marie de Goria, sa femme. *Sans indication d'armes*.

A Neufwilly. — **288** — **281**. L'enfant de Claude Dodet porte les armes de sa bis-aïeule Poincette de Nusement : D'azur au chevron d'or accompagné en pointe d'un sanglier d'argent, au chef cousu de gueules chargé de 3 glands d'or. (V. *Nova*).

b. Jacqueline Forgeault, sa mère : Comme *Didelot*. (V. 171).

A Bethelainville. — **289** — **285**. Nicolas, Romain et Jean Grand-Pierre portent les armes de leur bis-aïeule Marion Lambinet : Comme *Wandelaincourt*. (V. 121 *b*.).

290 — **297**. Cuny Geoffroy : Comme 51.

291 — **298**. Jean Bertinet. *Sans indication d'armes*.

292 — **299**. Olry et Nicolas Gallavaulx : Comme *Wandelaincourt*. (V. 121 *b*.).

293 — **300**. Bastien Bigorgne : De gueules à la porte crenelée d'argent entre 2 branches de laurier d'or.

294 — **301**. Jean Gallavaulx *alias* Baudin : Comme *Wandelaincourt*. (V. 121 *b*.).

295 — **302**. Fremy Mothellet porte les armes de sa bis-aïeule Catherine Brouillart : D'azur au lion couronné d'or, armé et lampassé de gueules.

296 — 303. Jean Maugisson. *Sans indication d'armes.*

297 — 309. Jean *alias* Chrestophe Gallavaulx : Comme *Wandelaincourt.* (V. 121 *b*.).

298 — 325. Jean Gallavaulx *alias* Les Enffans. *Sans indication d'armes.*

PRÉVOSTÉ DES MONTIGNONS.

A Moulzéville (1). — **299 — 286.** Philippe de Mauléon : D'or au lion de gueules taillé d'azur.

b. Perrine de Joan, sa femme : D'argent au chevron de gueules accompagné de 3 perroquets de sinople, becqués, armés et colletés de gueules, le premier contourné.

300 — 288. Loys de Waudripont : D'or à 2 lions adossés de gueules.

b. Françoise des Bernetz dicte Pymont, sa mère : D'azur à 2 chevrons d'or, écartelé de *Warluzel* : d'argent à une divise de sable mise en chef, à la bande fuselée de gueules brochant sur le tout.

c. Gillette de Sainctignon, sa femme : Parti : à dextre, de gueules semé de croisettes recroisettées au pied fiché d'or à une porte et demie de même ; à senestre, de gueules au demi massacre de cerf d'or. (V. *Aucherins*).

301 — 294. Didier et Claude Jacquinez : Comme *Wandelaincourt.* (V. 121 *b*.).

302 — 295. Didier Le Poyvre. *Sans indication d'armes.*

(1) Montzéville.

303 — 323. François GABBEZ porte les armes de sa mère Ysabeau JACQUINEZ : Comme *Wandelaincourt.* (V. 121 *b.*).

A Bethincourt. — 304 — 289. Nicolas du MOU-LIN : De gueules à 3 fasces d'or au chef de sable à 3 bandes d'or.

b. Barbe SARTELLET, sa femme : D'azur à la fasce d'or chargée de 3 béliers de sable et accompagnée de 5 étoiles d'or, 3 en chef et 2 en pointe.

305 — 292. Nicolas PERIGNEL porte les armes de son aïeule Jeanne de MONCEL : D'azur à 9 croissants d'argent 3-3-3 entre deux devises d'or, l'une en chef et l'autre en fasce.

306 — 296. Hallardin SARTELLET dict HERBIN : Comme 304 *b.*

b. Marguerite MAULJEAN sa mère : D'azur à l'éperon d'or.

307 — 324. Philippe PREUDHOMME. *Sans indication d'armes.*

A Parroy. — 308 — 290. Chrestophe de DOMP-BASLE : D'azur à 3 lions d'or, couronnés de même, armés et lampassés de gueules.

b. Renée PAVIETTE, sa femme : Comme 236.

A La Vallée. — 309 — 291. Nicolas GEOFFROY dict de SAINCT-REMY : Comme *Wandelaincourt.* (V. 121 *b.*).

A Wraincourt. — 310 — 304. Nicolas FREMINEZ porte les armes de son aïeule Marguerite SIMONNET : Comme 240.

A Loultre-lez-Jubecourt. — 311 — 308. Jehan MORFETZ. *Sans indication d'armes.*

312 — 315. Jean François : Comme *Marcheville*. (V. 230 5°).

b. Heully Le Chéon, sa mère : D'azur au chevron d'or accompagné en chef de 2 étoiles et en pointe de 3 glands de même 1-2 hissants du chevron. (V. *Geoffrin*).

313 — 322. Nicolas Millet et Gerard Le Camus, (*francquignons ?*). *Sans indication d'armes.*

314 — 327. Bastien Preudhomme. *Sans indication d'armes.*

A Fromeréville. 315 — 310. Henry Bigorgne : Comme 293.

316 — 311. Jean, Albin et Didier Richier : Comme *Wandelaincourt.* (V. 121 *b.*).

b. Barbe La Haulze, leur mère : Comme 93.

A Ormoy. — 317 — 312. Jean d'Ormoy : D'azur à 3 pals alaisés au pied fiché d'or, au chef d'argent à 3 étoiles de gueules.

b. Marie de Gommery, sa femme : Comme 231.

A Nixéville. — 318 — 313. Guillaume et Gerard Menus portent les armes de leur aïeule Jeanne Gabez : Comme *Simonet.* (V. 240).

b. N. de Neufville : D'argent à 6 hermines de sable 3-2-1, au chef de gueules chargé de 3 annelets d'or 2-1. (V. *Gourcy*).

319 — 314. Chrestophe Saillet porte les armes de son aïeule Jeanne Gabez : Comme *Simonet.* (V. 240).

b. Julienne Olriet, sa femme : D'argent à la croix de gueules cantonnée au 1 et 4 d'un chien de sable, au 2 et 3 d'une merlette de même (V. *Gruier* et *Porcilles*).

320 — 319. Anthoine et Louis Jacquaire : D'azur à la fasce d'argent chargée de 3 roses de gueules.

321 — 321. Chrestophe, Alardin (I et II), Gille, Florentin, Claude (I et II) et Diomède LERMINAT. *Sans indication d'armes.*

A Jubécourt. — **322 — 316.** Berthrand, Jean et Nicolas FRANÇOIS : Comme *Marcheville*. (V. 230 5°).

323 — 317. Jean ROTTON dict PERRIGNON : D'azur à 2 cottices d'argent accompagnées en chef de 3 coquilles de même mises de rang.

b. Nicolle de DIEWE, sa mère : Comme 20.

324 — 318. Laurent CHAPPET : Comme *Wandelain-court*. (V. 121 *b.*).

b. Margueritte des AVELLES, sa mère : Comme 230 (2°).

A Brocourt. — **325 — 320.** Jean JACQUAIRE : Comme 320.

A Autrecourt. — **326 — 326.** George de MOUZAY : Comme 123 (2°).

b. Anne de GUIBOURG, sa femme : Comme 271 *b.*

c. Lucie de NEUFVILLE, sa belle-mère : Parti : à dextre, d'argent à 6 hermines de sable 3-2-1, au chef de gueules chargé de 3 annelets d'or 1-2 et d'une étoile de même au canton senestre ; à senestre, de gueules au lion d'or. (V. *Gourcy*).

Bailliage de Bar.

(D'après une copie du XVIIIᵉ siècle.)

A Dugny. — **327 — 327.** Philippe de FERRET : D'azur à 3 fers de cheval d'argent.

b. Barbe d'ALAUMONT, sa mère : Comme 134 (3°).

c. Jeanne de Mirville, sa femme : Comme 199.

d. Alix de Séraucourt, sa belle-mère : Comme 199 *b.*

328 — 328. Valentin Les Gerard porte les armes de sa mère Maël Loignel : D'argent au lion couronné de gueules. (V. *Hussenet* et *Lambert*).

329 — 329. Jean Fleury dict Perignon porte les armes de sa mère Jeanne de Vaudemont : Comme *Sainct-Belin.* (V. 41 2°).

330 — 330. Anthoine Gillet dict de La Vallée porte les armes de sa mère Isabelle de La Vallée. (V. 16).

331 — 331. Claude et Didier Bernard : Parti : à dextre, de gueules au lion d'or, au chevron d'argent chargé à dextre d'une branche de sinople et à senestre de 3 roses de gueules brochant sur le tout ; à senestre, d'azur au dextrochère d'argent tenant une épée de même, garnie d'or et remplie de gueules. (V. *Vuillaume* et *Monhairon*).

332 — 332. George Colleson dict de Brotiers : Comme 89.

b. Jeanne de Brotières, sa mère : D'argent au rencontre de bœuf de gueules surmonté à dextre d'une étoile et à senestre d'un croissant de même. (V. *Thirion*).

333 — 333. Jean Martinet : D'argent à 3 martinets au naturel membrés et becqués d'or.

334 — 334. Jean Durand : Comme *Collesson.* (V. 89).

335 — 335. Nicolas, Jean, Claude, François, Christophe, Nicolas, Andrieu et Renaud Bernard : Comme 103.

b. N. de Neuville : Comme 318 *b.* (V. *Gourcy*).

336 — 336. Dimanche Thibaut. *Sans indication d'armes.*

337 — **337.** Christophe Rose : D'azur au chevron d'or accompagnée de 3 roses de même.

b. Nicole Loys, sa mère : Parti : à dextre, d'argent au lion de sable ; à senestre, coupé en chef d'azur à la bande d'or et en pointe de gueules à une demi-croix alaisée d'or.

338 — **338.** Andrieu Le Masson : Comme *Blanzey.* (V. 56).

339 — **339.** Thomas Vuillaume : Parti : à dextre d'azur au dextrochère d'argent tenant une épée de même garnie d'or et remplie de gueules ; à senestre, de gueules à 3 lacs d'argent. (V. *Bernard* et *Monhairon*).

340 — **340.** Mengin, Georges, François et Anthoine Le Grand-Didier. *Sans indication d'armes.*

341 — **341.** Fremin Jacquin : *Id.*

342 — **342.** Pierresson, Balthasar, George, Gabriel, Chrestophe, Ligier, Jean (I et II) Massart : D'azur à la fasce d'argent accompagnée en chef de 4 étoiles d'or mises de rang et en pointe d'un lion de même.

343 — **343.** Bastien Bernard : Comme 103.

344 — **344.** Chrestophe Chappé : Comme *Wandelaincourt.* (V. 120 *b.*).

345 — **345.** Titus Loignet : D'azur au lion d'or. (V. *Gerard, Hussenet* et *Lambert*).

346 — **346.** Jean et Nicolas Caillart : Comme *Collesson.* (V. 89).

347 — **347.** Thomas Gruier porte les armes de son aïeule Didon de Colesson : Comme 89.

348 — **348.** Didier et Chrestophe Gruier portent les armes de leur mère Mariette Olriet : Comme 319 *b.*

349 — 349. Didier MENUZ *alias* LES GABBÉS : Comme SIMONET (V. 240).

350 — 350. Nicolas, Blaise et Didier COLSON : Comme 89.

351 — 351. Nicolas, François, Adrien et Claudin MILLET : Comme 24 *b*.

352 — 352. Claudin (I et II) LOIGNET : Comme 345.

353 — 353. Fremy et Gérard LE LOIGNEY : *Id.*

354 — 354. Jean et Michel ADVIS : D'azur à l'aigle d'or percée d'une flèche de même mise en barre la pointe haute. (V. *Claude*).

355 — 356. Cuny et Jean PRUDHOMME : Comme 225 *b*. (V. 106 *b*.).

356 — 357 Pierron, Paquin et Jenin BOQUART : Comme 121.

357 — 358. Colin, Chrestophe et Claudin LOYS : Comme 337 *b*.

358 — 359. Jean (I et II) LA HAULSE : Comme 93.

359 — 360. Adrian et Nicolas GROSSETT (? GRESSET) : Comme *Blanzey*. (V. 56).

360 — 361. Claudin DURAND : Comme *Collesson*. (V. 89).

361 — 362. George, Christophe et Jean REMY : Comme *Colleson* : *Id.*

b. Fremine RAGOT, leur mère : D....... au croissant d......., au chef d....... chargé de 3 merlettes de sable.

362 — 363. Adrian, Jean et Nicolas de LA VIGNE : D'or à la bande d'azur accompagnée de 2 grappes de raisin de pourpre feuillées de sinople.

363 — 364. Humbert de LIÈGE. *Sans indication d'armes.*

364 — 365. Martin, Jean et Claude JANTIN : Comme *Wandelaincourt*. (V. 121 *b*.).

365 — 366. Jean, Bernard, François et Fremy PETIT-COLIN : *Id*.

366 — 367. François et Remy GRAND-JEAN : *Id*.

b. Anthoinette de CHAMPLOMB, belle-mère du second : Comme *La Vallée*. (V. 16).

367 — 368. Cristophe de BRAS : Comme *Des Bernard*. (V. 103).

368 — 369. Didier, Gigoux et Claude LA GROSSE. *Sans indication d'armes*.

369 — 370. Antoine et Guery de MONTIGNON : Comme 19.

370 — 371. Cuny GEOFFROY : Comme 51.

371 — 372. Denis VILLERMET : Comme *Blanzey*. (V. 56).

372 — 373. Ligie CLAUDE dict de BELCHAMPS : Comme *Advis*. (V. 354).

A Senoncourt. — 373 — 355. Humbert ADVIS : Comme 354.

374 — 374. Claude BIGNOGNE : Comme *Bigorgne*. (V. 293).

A Landrecourt. — 375 — 375. Saintin HUSSENET porte les armes de sa mère Berthelemette de LOIGNET : Comme 217. (V. *Gérard* et *Lambert*).

A Souilly. — 376 — 376. Jean TOUSSAINT dict RICHIER porte les armes de sa mère Collette RICHIER : Comme *Wandelaincourt*. (V. 121 *b*.).

A Bar. — 377 — 377. Tierry COUSIN : De gueules au pal d'or cotoyé de 6 coquilles d'argent.

378 — 378. Philippe, Jean, Loys et René MERLIN : D'azur à 3 voiles d'or.

8

b. Jeanne de Fontenoy, leur mère : Comme 21 (3°).

379 — 379. Jacques Drouuin : Tiercé en face : au 1 de gueules à la jambe d'argent mise en chevron, au 2 de même (*alias* d'or) à 3 chevrons d'azur, au 3 d'argent à la bande de gueules chargée de 3 besans d'or.

380 — 380. Jean Maillet : D'azur au chevron d'or accompagné en pointe d'un flacon d'argent, au chef danché de gueules et d'or.

b. Barbe de Neuville, sa mère : Vairé de .... et de ...., de 4 traits.

381 — 381. George Erard : Comme 237 *b*.

b. Jacqueline de Genicour, sa mère : De sable à une tierce-feuille d'or.

382 — 382. Claude et Emond Viart : Coupé en chef d'argent et en pointe d'azur, à 3 croix potencées d'or.

383 — 383. Henry d'Aucy : D'argent au sautoir de gueules semé de croisettes recroisettées au pied fiché d'or, au lion de sable chargé d'un écusson d'or brochant sur le tout.

384 — 384. Loys Braiulles (? Braulley): D'argent à la fasce d'azur chargée d'un poisson d'or, au chef de gueules.

385 — 387. Jean de L'Eglise : D'azur à l'église d'argent.

b. Anthoinette Gille, sa femme : Ecartelé en sautoir : le chef et la pointe d'azur au roc d'or, les flancs fascés d'or et de gueules de 6 pièces.

386 — 388. Claude de L'Eglise : Comme 385.

387 — 389. Charles Vallée : D'azur à 3 bandes d'or, au chef d'argent chargé de 3 lionceaux de sable.

388 — 390. Nicolas Collinet : Comme 78.

389 — 391. Nicolas Xaubourel : D'argent au chef d'azur chargé de 3 annelets d'or.

390 — 392. François Dupuis : D'azur au chef dauché d'or et de gueules de 5 pièces.

391 — 393. Roque Lecuyer : Comme 4 *b*.

392 — 394. N..... Godenet, porte les armes de sa mère N..... Voillot : (V. *Lor.*, 12).

393 — 395. Simon Charbonnier : D'azur à la bande d'argent chargée d'une foi au naturel vêtue de gueules, accompagnée en chef d'une étoile d'argent et en pointe d'un charbon de sable ardent d'or.

394 — 396. Jean et Nicolas Vincent : Ecartelé en sautoir : le chef et la pointe d'or au mufle de léopard de gueules, les flancs d'azur au besan d'argent.

395 — 397. Claude Bazin : D'azur à la fasce d'or accompagnée de 4 roses d'argent, 3 en chef mises de rang et 1 en pointe.

396 — 398. Jean d'Erval : D'or à l'écusson parti de sable et de gueules.

b. Catherine de Bigonnier, sa femme : Comme 255 *b.*

397 — 399. Estienne. Payen : Ecartelé en sautoir : le chef et la pointe d'or à 2 fasces de gueules, les flancs d'azur.

398 — 400. Jean Platel : Comme 185.

399 — 401. Jean Argentel : Comme *Fontenoy*. (V. 21 (3°).

400 — 402. Louis Louis dict Feuillet : Parti : à dextre, coupé au chef d'argent au lion de sable, en pointe d'azur au chevron d'or accompagné de 3 croissants d'argent ; à senestre, d'or à la fasce de gueules accompagnée de 5 annelets d'argent 2 en chef et 3 en pointe. (*N'a pas fait ses preuves*).

401 — 403. Claude POUPART : De gueules à 3 croissants d'argent.

b. Philippe des BOUCHERONS, sa femme : D'azur à la
fasce d'argent chargée de 3 croisettes recroisettées au
pied fiché de gueules et surmontée d'une étoile d'or au
canton dextre.

402 — 404. Robert, Louis et René des BOUCHE-
RONS : *Id.*

b. Alix PAGEOT, leur mère : De ...... au croissant
de ...... surmonté d'une étoile de...... (V. *Dieuze*).

403 — 405. Nicolas, Jean et Thibaut LÉCHICAUT :
Coupé en chef d'argent à 3 merlettes de sable mises de
rang et en pointe d'azur à l'étoile d'or.

404 — 406. Simon d'ERNECOURT : D'azur à 3 pals
alaisés au pied fiché d'argent, au chef d'azur chargé de
trois étoiles d'or.

405 — 407. Jean d'ASPREY dict GELIN : Comme 211.

406 — 408. Mengin ANOLIQUET (AWALVEZ, ARUAL-
NEZ ou ASSALVEZ) : D'argent à la bande cotticée de sable.

407 — 409. Michel HENRION : D'or au chevron
d'azur accompagné de 3 tortues de sable, les 2 du chef
affrontées.

408 — 410. Guillaume GLEYSENOUVE : D'azur à 3
croix fleuronnées d'or.

409 — 415. Claude et Nicolas THIRION : D'argent
au rencontre de bœuf de gueules, bouclé de sable et
surmonté de 2 étoiles de gueules. (V. *Brotières*).

410 — 416. Jean et Jacques BOUVET : Comme
Lor., 74.

411 — 417. Claude L'ESCARNELOT : De gueules à
la molette d'or, au chef cousu d'azur chargé de 3 croix
recroisettées au pied fiché d'or.

412 — 418. Baltasar de Noyon. *Sans indication d'armes.*

413 — 431. Simon Rodouan (Rodenan ou Rodohan) : De gueules chappé d'argent à deux quintefeuilles de sable.

A Revigny. — 414 — 385. Nicolas Grenet. *Sans indication d'armes*

415 — 386. René de Galley : *Id.*

416 — 411. Jean et Jacques de Thionville. (V. *Triconville*).

417 — 432. Jean de Fleury : D'argent au lion de gueules surmonté d'une étoile d'azur au canton senestre.

418 — 433. Anthoine Gillet : D'argent au sautoir alaisé et engrelé de gueules, cantonné de 4 roses de même.

A Mussey. — 419 — 412. Claude de Beauvaulx dict Armeville. *Sans indication d'armes.*

A Stainville. — 420 — 413 Gabriel Payen : Comme 397.

b. Claudon de La Cour, sa femme : D'azur à 2 épées d'argent, garnies d'or, mises en sautoir et surmontées d'une étoile d'or.

A Cousance. — 421 — 414. Hilaire de La Cour : *Id.*

422 — 454. Jean Barisien dict Minor : D'azur à la rose d'argent feuillée et tigée de même, boutonnée de gueules et liée d'un lac d'or, au chef papelonné d'argent de 3 pièces.

A Contrisson. — 423 — 419. Waultrin et Anne de Tournebolle : D'argent à 3 rencontres de bœuf de sable.

b. Claude de Rose, femme du premier : Comme 337.

424 — 420. Claude et Anthoine Riot dicts de
Dombasle portent les armes de leur aïeule Jeanne de
Dombasle : D'or au buste de reine au naturel entre deux
aigles mortes de sable.

425 — 421. Geoffroy Chobriot : Comme 426.

426 — 438. L'enfant de Geoffroy Chobriat : D'azur
à 2 huchets d'or mis en chef et soutenus d'une écrevisse
d'argent

A Beuré-la-Grande. — 427 — 422. François
Bouvet : D'azur au lion d'or tenant une hache d'armes
d'argent.

b. Jeanne de Moncellet, sa femme : Comme 253 b.

c. Anne Chaisneaux, sa mère : D'azur à 3 bouteilles
d'argent, à la bordure de gueules.

428 — 423. Nicolas Condey : Comme *Brielz.* (V.
Lor., 221).

A Beuré-la-Petite. — 429 — 424. Antoine
Pageot : D'azur au griffon d'or lampassé de gueules,
au chef d'or chargé de 3 coquilles de gueules.

b. Nicole Gougeat, sa femme : De sinople à 3 huchets
d'argent.

A Rux-aux-Nonains. — 430 — 425. Jean
George dict des Chiens porte les armes de sa mère
Jeanne des Chiens : Ecartelé : au 1 et 4, de gueules à 3
têtes de braque d'argent ; au 2 et 3, d'argent au lion de
gueules.

431 — 429. Claude et Andreu Hardy : Comme
238 *b.*

432 — 430. Claude Vautrin dict des Voyes. *Sans
indication d'armes.*

A Vasseincour. — 433 — 426. Didier, Jacques
et Nicolas Gourdot dicts d'Ambrières portent les armes

de leur mère Margueritte d'AMBRIÈRES. *Sans indication d'armes.*

434 — 427. Thierry JAQUINET. *Sans indication d'armes.*

435 — 428. Dimanche GODIN porte les armes de sa mère Perlette FORGEOT : Comme 288 *b.*

A Louppy-le-Château. — 436 — 434. Mathieu GAULME : D'azur à 3 flambeaux allumés d'or.

437 — 435. Jean de CONDEY : Comme 262.

A Villers-aux-Vents. — 438 — 436. Jacquotin FORGEAULT dict de VILLERS : Comme 227.

A Robert-Espagne. — 439 — 437. François de VAULX : D'argent à 3 chevrons de gueules accompagnés de 3 quintefeuilles de même.

b. Françoise de LA PORTE, sa mère : De gueules à la porte crénelée d'argent.

A Lonchamps. — 440 — 439. Louis COLSON. *Sans indication d'armes.*

A Givroval. — 441 — 440. François et Thomas CONTENOT : De gueules au pal d'azur chargé de 3 flacons d'argent et cotoyé de 6 besans d'or.

A Tannoy. — 442 — 441. François et Blaise de CICCEGNON : D'argent à 3 têtes de canard d'azur becqués d'or.

443 — 442. Jean de BALAINE (? BELLAY) : De gueules au lion d'or surmonté d'une étoile d'argent au canton dextre.

444 — 443. Pierre, Didier et Claude RAULET : D'azur au chevron d'or accompagné de 3 étoiles de même.

445 — 444. Jean BAUDIN. *Sans indication d'armes.*

446 — 450. François GERARD : *Id.*

447 — 451. Jean (I et II) de LONGEVILLE : D'azur à la cane volante d'argent. (*Ont refusé de comparaître*).

448 — 452. Martin BRIEL : Comme *Lor.*, 221.

449 — 453. Oudet de PORCYLLES (? PAYERELLES) : Comme *Olriet*. (V. 319 *b*.).

A Tronville. — 450 — 445. Claude LAURENT porte les armes de sa mère Méline BRIELE : D'azur au chevron renversé d'or d'où pend un huchet de même et chargé au canton dextre d'une étoile de .. .... (V. *Condey* et *La Tourte*).

451 — 446. Didier LA TOURTE : *Id.*

452 — 447. Jean THIRIOT porte les armes de sa mère Alla de SERAUCOUR : D'argent à la bande de sable cotoyée de 6 billettes de même, au lambel de même brochant sur le tout.

453 — 448. L'enfant de Claude MOROT : Comme 213 *b*.

454 — 449. Louis et Gaspart LESCAMOUSSIER : D'azur au chevron d'argent accompagné en chef de 2 roses et en pointe d'une étoile d'or. (V. *Leger*).

A Essey-en-Voivre. — 455 — 455. Claude de MIRECOURT : Comme 14.

b. Anthoinette du BELLOY, sa femme : D'azur à 3 licornes d'argent.

A Biernecour (1). — 456 — 456. Jean GUERRIN : De gueules à 3 bandes d'argent, au chef d'or chargé de 3 croisettes tréflées au pied fiché d'azur.

b. Didon HOMBILLON : D'azur à la tour d'argent, au chef d'or chargé d'un lion naissant de gueules.

A Richecour. — 457 — 457. Nicolas HOMBILLON : *Id.*

(1) Bernécourt.

458 — **458**. Pierre Doucet : D'argent à la bande d'azur chargée de 3 besans d'or.

SANS INDICATION DE RÉSIDENCE.

459. Bar : D'azur à l'étoile d'or entre 3 croix pommettées au pied fiché de même.

460. Bastien Bardelot : Comme *Le Waillon*. (V. 27).

460 *bis*. Jean des Chiens : Comme 430. (V. *George*).

461. François Fuzelier : D'argent à la bande fuselée d'azur de 5 pièces.

462. Claude Geoffrin : Comme *Le Chéon*. (V. 312 *h*.).

462 *bis*. N..... Husson : D'argent à 3 trèfles de sable.

463. Nicolas de La Barre : Comme *La Vallée*. (V. 16).

464. Jean de La Gaudé : Comme *Simonet*. (V. 240).

465. Quentin Lambert : Comme *Loignel*. (V. 217).

465 *bis*. François de La Plane : De gueules à la fasce d'argent chargée de 3 quintefeuilles d'azur.

466. Claude Longeville : D'azur à l'anneau tenu de 4 chaines d'or en sautoir, au canton sénestre fascé de gueules et d'argent de 4 pièces, la première fasce chargée d'une merlette d'argent.

467. Marquigny (*alias* Martiny) : D'or à la croix alaisée et évidée de sable, terminée en dards et arrondie en cœur.

468. N..... Mehaillon : Ecartelé : au 1 et 4, d'azur à la croix d'or cantonnée de 4 annelets de même ; au 2 et 3, de gueules au lion d'or.

469. Pierre de Monhairon : D'azur au dextrochère d'argent tenant une épée de même, garnie d'or et remplie de gueules. (V. *Bernard* et *Vuillaume*).

470. Jean d'Olivier : D'azur à la croix tréflée d'or cantonnée en chef de 2 coquilles d'argent.

472. Jacques Richard : Comme *Des Bernard*. (V. 103).

473. Roziers : D'or à 3 ottels de sable appointés en cœur.

474. — Villearest : De gueules à la fasce échiquetée d'argent et de gueules de 3 traits, accompagnée de 3 annelets d'or.

COMPARANTS N'AYANT PAS FAIT LEURS PREUVES ET DONT LES ARMES NE SONT PAS MENTIONNÉES.

Bailliage de Sainct-Mihiel.

A **Estain.** — **475.** Jules de Fer.

A **Maizerey.** — **476.** Didier et Didier (II) Gaxien.

A **Moyeuvre.** — **477.** George Berthrand.

A **Mance.** — **478.** Guillaume Huret.

A **Rehon.** — **479.** Jehan de Lhostel.

A **Lahemey** (1). — **480.** George Le Camus.

A **Mescreigne** (2). — **481.** Didier et Gerard Le Camus.

Bailliage d'Aspremont.

A **Apremont.** — **482.** Jean Mauljean.

(1) Laheymeix.
(2) Mécrin.

Bailliage de Clermont.

A **Nantillois.** — 483. Jean HENRY.

A **Clermont.** — 484. L'enfant de Claude ROBERT.

A **Moulzéville** (1). — 485. Bastien FANART.

A **Bethincourt.** — 486. Martin et Pierre PERIGNEL.

A **Loultre-lez-Jubécourt.** — 487. François et Jean de COUSANCE.

488. Nicolas et Emille LE CAMUS.

489. Jean MORTET.

Bailliage de Bar.

A **Dugny.** — 490. Quintin, Jean (I et II) et Fremy LAMBERT.

491. Barthelemy SIMONET.

492. Jean ODIN.

493. Claudin HUSSENOT.

494. Fremy, Nicolas et Jean PRUDHOMME.

495. Vincent RIGNON.

496. Adrian et Jean (I et II) BRADI.

497. Fiacre PROUIN.

498. Claudin BARRAT.

A **Contrisson.** — 499. Jean MAULCERVEL. (*A refusé de comparaître*).

500. Jean de MUSSEY : (V. *Lor.*, 279). *Id.*

501. Jean GAINOT. *Id.*

---

(1) Montzéville.

TABLE